KB005416

선생님!
오늘 하루 어떠셨어요?

유쾌한 창진쌤의 교단일기

선생님!
오늘 하루 어떠셨어요?

최창진

아이들에 대한 더욱더 깊은 애정과 관심을 담다

오랜 시간, 저 역시 하루도 안 빼고 교단일기를 쓰고 있습니다. 제게도 첫 시작은 단순했습니다.

"선생님도, 엄마도 안 쓰는 일기를 왜 저희가 써야 해요!", 반항하는 아이에게 부끄럽지 않고 싶어서 "그럼, 선생님도 쓰면 될 거 아니야!" 큰소리쳤고, 그렇게 한 주에 한 번이 한 주에 두 번이 되고, 세 번이 되고, 이젠 매일의 습관이 되었습니다. 그래도 창진 선생님처럼 모두에게 공개할 깜냥은 되지 않고 반 아이들과 학부모님들에게만 공개하고 있습니다.

창진 선생님의 학급일지 표지를 보니 '행복한 하루하루가 모여 행복한 인생이 된다. 기록하는 교사 최창진'이라고 쓰여 있습니다. 28년 차 교사로 살아가며 좋은 교사로 성장하는 2가지 비법을 알게 되었습니다. 그것은 바로 '기록'과 '공유'입니다. 그렇지만 강의를 나가서도 쉽게 교단일기는 소개하지도, 권하지도 않았습니다. 하루하루의 생활 속에서 이미 지친 선생님들께 여분의 에너지를 짜내라고 이야기할 수는 없는 노릇이었습니다. 교실을 바꾸는 가장 강력한 힘이 되지만, 에너지가 감당이 될 때만 권할 수 있는 영역이기 때문입니다. 제게도 오랜 시간이 되어서야 습관이 된 것인데, 창진 선생님의 교단일기는 처음 시작부터 타고난 성실함을 자랑하듯 매일 꾸준했습니다. 게다가 솔직하게 피하고 싶은 이야기도 담대하게 건드립니다.

교단일기가 학급 운영의 주요 매체도 된다고 했을 때, 사실 글쓰기 자체만으로도 저는 아주 훌륭한 일이라고 생각합니다. 천재의 기억보다 바보의 기록이 정확하다는 말처럼 형식이나 내용에 제한을 두지 않고 꾸준히 기록해나간다는 마음으로 모든 교사가 쓰면 좋겠습니다. 그런 중에도 좋은 교사의 필수 덕목이라고 할 수 있는 '배우는 것을 좋아하는 창진 선생님'처럼 살고 싶습니다. 같은 학교 37년 차 선배님을 찾아가 수제자가 되고 싶다며 모든 것을 전수해달라고 부탁하는 교사, 같은 학교 후배들을 모아 '신규교사 함께 성장 모임'을 이끌어가는 창진 선생님의 모습은 교실 생활만으로도 바빴던 선생님의 마음을 붙들고 부끄럽게 합니다. 교실의 변화는 언제나 우리가 근무하는 학교에서부터 시작해야 한다는 단순하고도 평범한 진리를 깨닫

선생님! 오늘 하루 어떠셨어요?

게 해줍니다.

 좋은 교사는 가르치는 것을 좋아하지만, 더 좋은 교사는 배우는 것을 좋아합니다. 제게 좋은 교사가 어떤 교사냐고 물어보신다면, 저는 단연 창진 선생님처럼 아이들 옆에서 조금이라도 더 좋은 교사가 되고 싶어서 끊임없이 되묻고 돌아보며 노력하는 교사라고 대답하겠습니다. 일상의 평범함 속에서 아이들에 대한 더욱더 깊은 애정과 깊은 관심으로 나온 이 책의 2권이 곧 나오기를 독자로서 함께 응원합니다!

서울강일초 교사 허승환
(전국구 6학년 선생님 밴드 대표 운영자)

나는 왜 교단일기를 쓰기 시작했을까?

"전국 6학년 선생님들이 가입할 수 있는 밴드를 만들 거예요. 창진 선생님도 가입하실래요?"

2018년 2월, 허승환 선생님의 메시지를 받았다. 올해 6학년을 맡게 되어 설레면서도 두려운 마음으로 혼자 어떻게 준비해야 하나 고민하고 있던 찰나. 허승환 선생님의 메시지는 한 줄기 빛과 같았다.

각 분야에 전문가 선생님부터 다양한 자료를 뚝딱 만들어서 공유하시는 선생님까지 매번 올라오는 자료를 보며 감탄을 하곤 했다. '매번 도움만 받기 미안한데 나도 뭔가를 드릴 수 없을까?'라는 생각이 들었다. 그러던 중 학습자료와 생활지도 노하우뿐만 아니라 교실 속에서 선생님들이 느끼는 소소한 일상을 공유하는 따뜻한 공간이 되었으면 좋겠다는 공지내용을 읽었다. 특별히 잘하는 것도, 좋아하는 것도 없는 나는 '일상'을 나눌 수 있겠다는 막연한 생각을 했다.

평소에 일기도 꾸준히 써보지 않은 내가 과연 잘할 수 있을까 걱정이 되었다. 하지만 나는 무턱대고 들이대는 장점이 있는데 그 장점이 불쑥 튀어나왔다. 바로 아이들과 함께 시간표를 만들던 과정을 솔직하게 교단일기로 써 봤다. 사실 교단일기도 다른 선생님들이 쓰는 걸보고 따라 해 본 것이다. 그렇게 시작한 교단일기가 3년째 이어질 줄은 꿈에도 몰랐다. 역시 뭐든 시작하면 되는 거구나.

　내가 교단일기를 꾸준히 쓰게 된 이유는 아주 간단하다. 그건 전국에 계신 선생님들의 칭찬과 격려 피드백 때문이었다. 화려하지도, 즉각 도움이 되지도 않는 아이디어 하나에 생각보다 많은 분이 '좋아요'를 눌러주시고 무려 댓글까지 달아주시니 몸 둘 바를 몰랐다. 엄청나게 기분이 좋았다. 그저 교실 속 일상을 꺼냈을 뿐인데 이렇게 과분한 극찬을 해주시니 내일 또 교단일기를 쓰고 싶었다.
　그렇게 23개의 교단일기를 쓰다 보니 내가 자주 사용하는 말과 행동이 눈에 들어왔다. 평소 내 모습을 살펴볼 일이 없었는데 매일 교단일기를 쓰니 내가 어떤 사람이고, 어떤 교사인지 그제야 조금 감이 잡혔다. 그 공통점을 하나로 묶으니 나의 정체성이 되었고 앞으로는 이

세상에서 나만 할 수 있는 경험과 생각을 쓰고 싶어졌다. 그렇게 〈유쾌한 창진쌤의 교단일기〉는 탄생했다.

진짜 내 모습을 하나, 둘 파악할 때마다 나의 강점에 집중할 수 있게 되었다. 항상 부족한 약점 말고, 항상 고쳐야 하는 단점 말고, 이 세상에 하나밖에 없는 나의 강점과 좋은 면을 발견하고 나를 긍정하게 되었다. 그렇게 내 모습을 좋아하니 교실 속 모습이 다르게 보였다. 쳇바퀴처럼 굴러가며 반복되는 일상이 아니라 매 순간 어떤 만남과 대화가 오고 갈지 기대되는 특별한 순간이었다. 그렇게 생각을 바꾸니 시선이 바뀌고 시선이 바뀌니 행동이 달라졌다.

그렇게 하루하루를 기록하다 보니 어느덧 190개의 글이 모였다. 나란 사람이 이렇게 꾸준함이 있는 줄 몰랐다. 내가 보내는 1년이 아무런 의미가 없는 게 아니라 소중한 하루하루가 쌓이고 쌓여 위대한 역사를 보낸 거구나 싶어 뿌듯했다. 책으로 내보라고 달린 댓글을 한참 바라보았다. 즉각적으로 이용 가능한 수업 자료도 아니고 뛰어난 철학이 담겨있는 교육 담론도 아닌데 그저 평범한 교사가 하루를 기록하고 공유했을 뿐인데.

용기를 얻어 밴드 북을 신청했다. 세상에 단 하나밖에 없는 교단일기 책을 만들었다. 가격은 5만 원! 1년간의 학급살이가 그대로 들어가 있는 내 소중한 기록. 2018년은 빨간색 표지, 2019년은 주황색 표지, 그리고 2020년은 노란색 표지…. 이렇게 7년 동안 무지개색 교단일기를 모으면 언젠가 그 기록 중 인상적인 장면을 모아서 진짜 책을 내보고 싶다는 희망 사항이 있었는데 예상보다 빠르게 출판할 기회가 와서 기쁘면서도 부끄럽다.

내가 교단일기를 쓸 수 있도록 판을 만들어주신 허승환 선생님, 출판을 할 수 있도록 용기를 주시고 이끌어주신 김진수 선생님에게 감사의 인사를 드립니다. 그리고 무엇보다 사랑하는 아내와 딸 최윤서에게 고마움을 전합니다. 마지막으로 교단일기를 읽어주시고 공감과 격려를 보내주셨던 전국의 선생님들과 앞으로 저의 교단일기를 읽어주실 모든 분께 미리 감사의 마음을 드립니다.

책의 교단일기는 매일 교단일기를 쓰기 시작한 2018년과 2019년의
이야기가 대부분이며, 2020년 내용이 일부 포함되어 있음을 알립니다.

선생님! 오늘 하루 어떠셨어요?

추천사 - 아이들에 대한 더욱더 깊은 애정과 관심을 담다 • 허승환   5

들어가는 글 - 나는 왜 교단일기를 쓰기 시작했을까?   8

교단일기 제1장 새로운 만남

01_ 선생님과 학생이 함께 만드는 시간표   19

02_ 컨디션 출석의 나비효과   23

03_ 월요일의 시작 주말 이야기를 나눠요   28

04_ '내'가 '우리'로 변하는 순간   31

05_ 삶이 있는 글쓰기   37

06_ 책 읽어주기는 일일드라마처럼   42

07_ 진도를 나간다는 의미   47

08_ 공간혁신은 이것부터 시작돼야   50

09_ 모두 다 꽃이야   53

교단일기 제2장 아이들 이야기

01_ 밥친구   59

02_ 타이밍   62

03_ 수사반장   68

04_ 우리는 서로에게 배우며 함께 성장한다   71

05_ 학생은 수업하면 안 되나요?   77

06_ 교실 밖에서 더 커지는 배움   81

07_ 내 맘대로 하교 인사   87

08_ 나 지금 떨고 있니?   90

09_ 기적을 만드는 아이들   94

10_ 우리 지금 만나   99

11_ 두려움을 용기로 바꾸려면   104

12_ 아이들을 매일 웃기는 방법   108

13_ 우리 반 평가시간   111

14_ 대통령님께 편지를 쓰자고?   116

15_ 리더의 자격   121

16_ 학생을 위한 이인삼각 달리기   126

교단일기 제3장 선생님 이야기

01_ 왜 우리는 계속 바쁠까?   133

02_ 업무분장표 유감   137

03_ 긴급한 일 VS 중요한 일   142

04_ 위로… 그 따뜻함   144

05_ 빨리 가려면 '혼자' 가고 멀리 가려면 '함께' 가라   147

06_ 온라인 우정편지 교류 프로젝트   150

07_ 교실 문턱은 낮게, 고민은 함께   154

08_ 죄송합니다. 교장 선생님   157

09_ 신규 교사 함께 성장 모임   162

10_ 나는야 껀수 만들기 대마왕   168

11_ 교사로서 가장 행복한 순간   173

12_ 교사의 자리   176

13_ 뭣이 중헌디?   181

14_ 평화로운 학교 공동체를 위한 조건   184

15_ 교사를 춤추게 하라   189

교단일기 제4장

마무리하며

01_ 내 마음 감지 카메라   197

02_ 감정의 설거지도 필요해요   201

03_ 매일 교단일기를 쓰니 벌어진 마법   205

마치는 글 - 나는 오늘도 교단일기를 씁니다   208

교단일기
제1장

새로운
만남

선생님과 학생이
함께 만드는 시간표

첫날 활동을 고민하다가 반 시간표를 아이들에게 맡겨보기로 했다. 보통 시간표는 교사가 미리 만든다. 미리 정해진 시간에 정해진 교과목을 배워야 계획된 시간을 효율적으로 쓸 수 있기 때문이다. 교사가 만들지 않고 아이들에게 위임하면 무슨 일이 일어날까 궁금했다.

보통 시간표를 만드는 방법은 다음과 같다. 가장 먼저 전담 선생님 시간표가 완성된다. 다른 학년, 반에 들어가는 수업을 조율해야 해서 내 의지와는 상관없이 우리 반 기초 시간표가 완성된다. 그다음 빈 시간에 우리가 배워야 할 교과를 배당시간에 맞춰 넣으면 끝이다. 그렇게 교사가 완성한 시간표를 가지고 1년 동안 공부를 하게 된다. 아무튼, 아이들과 만나는 첫날, 나는 학생들과 함께 그 남은 빈칸을 채워보기로 했다.

"사회는 1, 2교시에 연달아서 해요. 왜냐하면, 6학년 1학기가 역사 내용이 나오는데, 한 시간으론 부족할 것 같아요."

'오…? 나보다 낫다.'

"영어 시간 뒤에 국어를 두 시간 해야 합니다. 왜냐하면, 영어를 하다 보면 국어를 까먹기 때문입니다."

'그게 뭔 소리냐. 가만… 묘하게 설득되는데?'

"6교시에는 수학을 해야 합니다. 왜냐하면, 그냥요."

'그놈의 그냥! 그냥! 그냥!'

처음에는 발표를 힘들어했다. 아니, 이런 상황 자체를 학생들은 이해하지 못했다. 당연히 선생님이 알려줘야 할 시간표를 함께 만들자고 하니 이상하지 않은가? 나는 학생들의 당황한 표정을 즐기며 주의 깊게 한 명씩 관찰했다. 학생 한 명이 시작하자 너도나도 손을 든다. 간혹 반대하는 의견이 생기면 설득하는 논리를 내세우고 다수결로 결정했다. 이 과정을 겪으며 외향적인 성격의 학생은 누구인지, 다른 친구의 의견을 잘 듣는 학생은 누구인지 자연스럽게 파악하게 되었다.

우여곡절 끝에 완벽하진 않지만, 우린 스스로 우리 반 시간표를 만들었다. 교사 혼자 만드는 시간표가 아니라 아이들과 함께 시간표를 만드니 아이들은 의외로 재미있어했고 참여율도 높았다. 게다가 자신들의 의견대로 시간표를 만들었으니 해당 시간에는 더 집중하지 않을까 하는 기대도 생겼다.

– 따르르르릉

"선생님~ 내가 아침에 교장 선생님과 회의 때문에 1, 2교시 전담시간을 다음날 5, 6교시로 바꿔야 하는데 괜찮아요?"

"네 괜찮아요."

선생님! 오늘 하루 어떠셨어요?

"애들아… 선생님 전화 내용 다 들었지? 요것만 바꿀래, 아니면 처음부터 싹 바꿀까?"

"요것만 바꾸죠(첫날부터 저희한테 왜 이래요)."

생각지도 못한 전화가 와서 우리가 만든 시간표는 일부를 수정할 수밖에 없었다. 그런데 아이들 눈빛은 뭔가를 이해한듯했다. 시간표가 만들어지는 과정을 직접 경험하고 이런 상황을 겪으니 선생님이 어떤 어려움이 있는지 공감해줘서 다행이었다.

나는 이 내용을 〈6학년 선생님〉 밴드에 올렸다. 다른 선생님의 도움만 받는 것 같아 죄송했다. 나도 뭔가 내가 잘할 수 있는 부분으로 도움을 드리고 싶었다. 내 기록에 어떠한 반응이 있었을까? 생각지도 못한 폭발적 반응이 있어서 놀랐다.

"시간표를 아이들에게 주는 것! 정말 생각을 여는 시도인걸요. 며칠 전 박준영 선생님이 사물함을 아이들끼리 상의해 정하게 하는 시도도 멋졌고요."

〈6학년 선생님〉 밴드의 창조자이자 선생님들의 선생님으로 통하는 허승환 선생님의 댓글을 보고

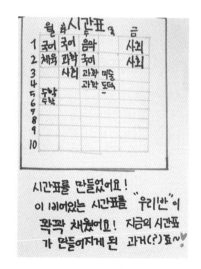

가슴이 쿵쾅거렸다. 칭찬 댓글뿐만 아니라 다양한 아이디어의 확산을 공유하는 실시간 피드백이 무엇보다 마음에 들었다.

시간표 정하기, 사물함 번호 정하기, 신발장 번호 정하기 등 생각해 보면 의심 없이 관행대로 교사가 미리 준비하는 것들이 많다. 아이들을 맞이할 때는 모든 게 완벽한 상태에서 준비되면 좋지만 때로는 나처럼 허술하게 빈 여백을 두고 학생들과 함께 만들어가는 것도 의미가 있을 듯하다.

컨디션 출석의
나비효과

'하… 벌써 수업 마치는 종이 치다니. 1교시는 출석 부르다 1시간이 다 지나갔다!'

내가 교실에서 가장 중요하게 생각하고 꼭 실천하려고 노력하는 행동이 바로 '학생들의 이름 불러주기'다. 이걸 활용해서 매일 아이들의 이름을 불러주며 눈을 마주치고 싶어서 시작한 것이 컨디션 출석이다. 전통적인 출석에 학생의 참여를 섞은 방식인데 매우 간단하다.

학생의 컨디션이 제일 좋으면 손가락 다섯 개를 펼치며 "5"라고 외치고 반대로 나쁘면 손가락 한 개를 보이며 "1"이라고 말하면 된다. 그럼 보통은 어떻게 할까? 맞다. 손가락 세 개를 펼치며 "3"이라고 외치면 된다. 여기서 중요한 건 숫자 '1'이나 '2'를 말한 학생들은 꼭 이유를 물어보고 주의 깊게 관찰하며 메모를 해야 한다. 그리고 '너희들을 제일 관심 있게 지켜볼게'라고 말해줘야 한다. 그렇게 하면 학생의 건강과 마음 상태에 따라 교사가 맞춤식으로 대응할 수 있다.

"2요"

"왜? 무슨 일이야?"

"안약이 없어졌어요."

"그래. 어제 알레르기로 눈 비비더니… 혹시 안약을 집에 두고 온 거 아니야?"

"아니에요. 학교에 와서 분명 한 방울 넣었는데…."

"그래? 그럼 나와서 칠판에 그려봐. 최대한 똑같이~"

"실제 크기로도 그려봐. 자! 요거 본 사람 눈물이에게 안약 찾아주자!!!"

"(다른 친구가 손들며) 어? 선생님! 그거 제가 버렸는데요? 눈물이가 버려달라고 했어요!"

응? 도대체 무슨 일이 벌어진 걸까? 오정이를 나오라고 한 다음 눈물이와 이야기를 나눠본다. 대화를 들어보니 대강 이런 상황이다.

눈물이: (집에 가면) "이거 버릴 거야!"
오정이: (너 지금) "이거 버릴 거야?"
눈물이: "응!! (집에 가면) 버릴 거야."
오정이: "알겠어!"

우리 반 모든 학생의 시선은 쓰레기통을 향했다. 두리번거려봐도 안약이 보이지 않는다.

"자~ 제군들 쓰레기통을 쏟아라!"

"앗! 찾았습니다!"
안약을 찾고 눈물이는 안도했다.

"야. 그런데 물티슈를 누가 분리 안 하고 쓰레기통에 버렸냐! 꼭지 부분을 떼서 따로 분리해야지!!"

평소 우유 안 먹으면 먹을 때까지 확인하고 칠판에 낙서하면 지우라고 끝까지 추적하는 우리 반 프엠이(FM) 한 마디에 다들 긴장한다. 그녀의 잔소리가 시작된다. 우리는 차분히 고개를 끄덕이며 그간 우리의 잘못을 인정한다. 미안하다.

"선생님. 제가 1학기 때 만든 분리수거 메뉴얼 안내가 찢어졌어요."
"으응… 그럼 다시 만들어볼까?"
"(우렁차게) 넵!!!"

컨디션 출석으로 시작해서 안약 실종 사건을 거쳐 쓰레기 분리수거 교육까지. 가히 컨디션 출석의 나비효과라고 불릴만하다. 이외에도 학생들이 컨디션을 말하는 이유는 정말 다양하다. 컨디션 출석을 표시하는 손가락 안에는 스토리가 숨겨져 있는 것이다. 나는 그게 궁금하다. 학생이 학교로 왔을 때 어떤 느낌이고 무슨 생각을 하는지 말이다.

- 갑각류 알레르기가 있어서 먹으면 안 되니까 대게 삼각김밥 맛없다고 말하는 1인
- 비염이 훨씬 심해지고 기침이 자주 나는데 약을 놓고 왔다고 태연하게 말하는 1인
- 잠을 잘못 자서 자꾸 다리가 저리다고 말하는데 운동은 안 하고 먹기만 좋아하는 1인
- 집에 들어가서 폰 켰는데 엄마가 맨날 폰 하냐고 뭐라 해서 혼난 1인
- 키우는 고양이가 컨디션이 2라서 자기도 2라는 1인
- 장염이라 흰 죽을 먹는데 너무 배고프다고 아우성 치는 1인
- 갑자기 코 막혀서 컨디션 2라고 말하는 1인

진짜 교실에는 25개의 소우주가 있다. 내가 그 소우주를 모두 완벽하게 이해할 수는 없지만, '정말 다양한 소우주가 있구나!'를 깨닫는 것만으로도 행복하다. 사실 학생들의 컨디션 출석 스토리를 자세히 다루면 교과서가 없어도 종일 수업이 가능하지 않을까 하는 생각에 혼자 웃는다.

"얘들아~ 근데 선생님 컨디션은 안 궁금하니? 난 너희들 앞에서 항상 5가 되려고 노력한단다. 근데 종종 1도 될 수 있고 3이기도 해. 서로의 컨디션에 관심을 가져주고 물어봐 주자. 그리고 들어주자. 그것만으로도 우리는 1년 동안 행복하게 지낼 수 있거든. 알겠지?"

"선생님, 의자 원형으로 만들까요?"

매주 월요일 첫 시간은 주말 이야기를 나눈다. 동그랗게 앉아 서로의 얼굴을 쳐다본다. 시간이 흘러 조금 친해진 것 같지만 아직은 어색한지 괜히 옆 사람 옆구리를 푹푹 찌르며 나만 쳐다본다.

"부모님이랑 CGV 가서 〈블랙펜서〉를 보고 왔어요. 다른 영화도 또 보고요."

"영화 보러 간 지 삼만 년이다. 아, 나도 영화광이었는데. 최근에 본 영화가 딸이랑 함께 관람한 〈코코〉였구나. 진심 너희들이 부럽다."
첫 학생 이야기를 경청하며 영화 이야기, 먹는 이야기 등에 반응하며 내가 적극적으로 공감해주고 리액션 해주니 다른 학생들도 용기 내어 이야기한다.

"고기로 5끼 먹었어요."
"결혼식장에 갔어요."

"친구네 집에서 자고 놀았어요."

"새벽 5시에 일어나서 사촌오빠랑 라면 끓여 먹었어요."

"할머니 댁에 가서 놀았어요."

이렇게 간단하게 이야기하고 끝내는 학생이 많다. 처음이라 어색하기 때문이다. 그러나 보통 시간이 지나면 아이들은 모두 달변가로 변해 있다. 그중에 간혹 이야기꾼의 재능을 가진 학생들이 있다.

"할아버지 댁에 동생과 놀러 가서 자고 오려는데 깜깜해지고 밖에는 개가 짖었어요. 제가 겁이 많거든요? 너무 무서워서 엄마 아빠한테 전화했고 할아버지는 바로 콜택시를 잡아주셨어요. 택시 타고 왔더니 먼저 온 동생이랑 엄마 아빠가 삼겹살을 먹고 있는 거예요! 저는 먼저 간 동생에 배신감을 느껴서 동생이 목욕하는 동안 제가 삼겹살을 다 먹었어요."

들고 있는데 긴장되고 집중되고 빵 터지고 흡사 컬투쇼 사연을 듣는 줄 알았다. 이야기만 재밌는 게 아니라 말을 참 재밌게도 잘한다. 학생 한 명의 재능을 발견한다.

'주말 이야기가 너희들의 진짜 모습을 보여주는구나!'

동그랗게 앉아서 서로의 얼굴을 마주 보며 24개의 서로 다른 이야기를 들으며 깔깔깔 거리는 모습이 상상이 되시는지?

'내'가 '우리'로 변하는 순간

'하이텐션 유지하며 시끄럽고 웃음이 코로 나오는 반, 밝고 활기찬 긍정의 반'

30글자. 우리 반 학급목표다. 학급목표를 모두 동시에 외치면 우리가 된다. 개별학생인 '나'에서 공동의 가치를 함께 지키고 생활하는 '우리'로 말이다. 말은 힘이 있어서 자꾸 말하다 보면 어느새 행동으로 이

어진다. 내가 아이들에게 수업할 때나 생활지도할 때나 모두 마찬가지다. 눈앞에 보이는 학급목표를 항상 생각하는 것이다. 아이들은 아침에 한 번, 집에 가기 전에 한 번씩 학급목표를 외치며 하나가 된다. 물론 읽지 않고 속으로 음미하는 학생도 있다. 괜찮다. 어쨌든 우리 반의 목표니까.

구글 설문지를 보며 아이들은 어떤 학급을 원하는지 살펴본다. 29명의 학생은 각각 원하는 게 다르지만 그래도 대다수가 원하는 그림이 보인다. 자주 등장하는 단어 그것이 바로 우리 반의 핵심 가치가 될 것이다. 나는 많이 나오는 단어에 동그라미를 치고 빈 종이에 그것을 적는다. 그리고 아이들에게 단어를 보여주며 이 단어들을 조합해서 문장을 만들자고 제안한다. 언제나 새로운 아이디어가 샘솟는 게 아이들이다. 서로의 얼굴을 보고 지금 느끼는 분위기, 앞으로 만들어갈 우리 반을 생각하며 의견을 모은다.

여러 문장들이 나오면 그것을 우리 반 학생 수에 맞게 맞춘다. 우리 반은 29명이니까 29글자로 맞추는 것이다. 그런데 문장을 줄여도 딱 30글자다. 더 줄일 건 없는지 고민하는 찰나, "선생님도 하시면 되겠네요."라는 학생들의 의견으로 문제는 간단히 해결된다. 역시 혼자 고민하는 것보다 아이들과 함께 이야기를 나누다 보면 자연스럽게 해결되는 문제가 많다.

자, 이제는 원하는 글자를 정하는 시간이다! 한 사람당 한 글자를 선택해서 나만의 느낌으로 글자를 그리고 꾸며준다. 보통 아이들은 쉬운 글씨에 몰린다. 금방 하고 쉬고 싶은 건 어른이나 학생이나 똑같다. 그래도 나는 끊임없이 여러분들의 에너지와 개성을 드러내는 중요한 기회라고 강조한다. 몇몇은 어려운 글자, 튀는 글자를 정해서 시종일관 성실히 글자를 만든다. 이 짧은 시간에도 아이들의 특성과 기질을 많이 확인할 수 있다.

"짠!"

각자 완성한 글자를 칠판 위에 하나씩 붙인다. 교실 가운데에는 떡 하니 태극기가 있다. 이걸 어떡해야 하나 엄청난 고민 끝에 살짝 왼쪽으로 옮기기로 한다. 30글자가 대충 어떻게 들어갈지 머릿속으로 생각하고 몇몇 학생들에게는 균형이 맞는지 봐달라고 부탁한다. 새하얀 벽면에 아이들이 만든 글자가 하나씩 채워진다. 노란색, 빨간색, 파란색, 분홍색, 형광색 등등 색깔도 다르고 글자 크기도 천차만별이다. 따로 보면 제각각이지만 함께 어울리니 제법 그럴듯하다. 얼굴도 다르고 성격도 다르지만 같은 반 학생들처럼 말이다.

"건강하게 놀고 자신감이 넘치는 반, 욕과 폭력이 없는 긍정의 반"
"함께 추억을 만드는 6424♡, 재밌고 리액션 많은 6424♡"

선생님! 오늘 하루 어떠셨어요?

2019년, 2018년 내가 맡았던 반의 1년 학급목표다. 글자를 보면 목소리들이 떠오른다. 매일 2번씩 외쳤기 때문에 자동으로 아이들의 합창 소리가 재생된다. 그리고 글자 수를 보면 그해 반 아이들 인원수도 알 수 있다. 시간이 지나면 기억은 희미해지겠지만, 아이들과 함께 만들었던 학급목표를 함께 외쳤던 그 순간들은 평생 기억할 것 같다.

"자~ 오늘 수업한 내용을 정리해보자. 한 문장으로 요약해서 발표해 볼 사람 있니? 손을 드는 학생이 없네. 아직 정리할 시간이 필요하구나! 우리 반 학급목표가 '자신감 있는 반'이잖아. 틀려도 괜찮으니까 용기 있게 발표해 볼까?"

"둘 다 다투니까 마음이 안 좋지? 우리가 함께 살다 보면 서로 마음이 맞지 않아 그럴 수도 있어. 선생님도 그러는 걸. 그런데 우리 반 학급목표가 '욕과 폭력이 없는 반'이잖아. 1분도 아까운 점심시간에 서로 다투면 시간이 아깝잖아. 서로 화해하고 함께 놀자고."

교실에서 하루를 시작하는 '나'는 학급목표를 외치고, 떠올리며 그렇게 함께 성장하는 '우리'가 된다.

삶이 있는 글쓰기

초등학교 6학년 아이들은 사춘기라 그런지 표현을 잘 하지 않는다. 특히 발표 수업 시간은 절간이 따로 없다. 이 아이들도 분명 발표 왕이 었을 것이다. 아직도 1학년 교실에 가면 "저요! 저요!" 손이 하늘에 닿을 듯 뻗고 엉덩이를 들썩들썩하는 학생들이 참 많이 있다. 그 모습들을 보며 학교에서 그동안 무슨 일이 있었던 걸까 궁금하기도 하다.

"선생님~ 근데 왜 갑자기 아침부터 글쓰기예요?"
"아, 글쓰기 싫은데 몇 줄 써야 해요?"

우연히 글쓰기 연수를 듣고 아이들에게 글을 써보자고 권유했다. 우리가 앞으로 만나서 추억을 만들 날이 얼마 남지 않았다고 구슬리며 5줄 이상은 써보자고 말했다. 대신 형식은 자유며 내 생각을 가감 없이 솔직히 써보자고 말했다. 아이들은 투덜대며 종이를 받아갔지만 금방 글을 써내려갔다.

우리 반 담임 최창진 선생님은 참 이상하다. 어느 날 갑자기 글쓰기를 하라 하고 자기 자리 청소 열심히 해야 한다고 하지만 선생님

자리는 돼지우리. 선생님이나 잘하시고 잔소리를 해야 하는 것 아닌가? 학생에게 관심 있는 건 괜찮지만 때로는 너무 많이 관심을 주셔서 너-무 부담스럽다.

글을 읽고 내 책상을 한 번 쳐다봤다. 맞다. 아주 정확한 표현이다. 웃음이 났다. 어쩜 이렇게 참신한 표현을 사용할 수 있는지 궁금했다. 한 문장 한 문장 곱씹으며 아이들이 무슨 생각을 하는지 느낄 수 있었다. 때로는 말보다 글이 전하는 울림이 크다고 생각했다. 또 말을 하는 것보다 글로 생각을 전달하는 걸 편하게 느끼는 학생이 있다는 것도 새롭게 알게 되었다. 물론 반대의 경우도 있다.

"선생님, 진짜 어떻게 써야 하는지 모르겠어요. 어떡해요?"
"그렇구나. 요새 기분이 어때? 무엇에 관심이 있니?"

류창기 선생님한테 배운 대로 학생들에게 역으로 질문했다. 그리고 대답한 내용을 그대로 타자로 입력했다. 그런 다음 모니터를 학생에게 보여줬다. 이게 너의 글이라고. 이걸 그대로 쓰면 된다고. 아이들은 "아~~ 글쓰기가 별거 아니네~"라며 자리로 돌아가 쓰기 시작했다. '말하듯이 글을 쓰고 글을 쓰듯 말하라'는 어느 분의 글이 떠올랐다.

학생들이 쓴 글을 하나씩 읽으면 참 재밌기도 하고 미안하기도 하다. 재밌는 이유는 내가 몰랐던 사실을 하나씩 알게 되기 때문이다.

선생님! 오늘 하루 어떠셨어요?

평소 30명의 학생과 교실에서 지내다 보면 생각보다 아이들 한 명 한 명에 집중하는 시간이 짧다. 아무리 노력해도 시간의 제약 때문에 적극적인 몇 명의 이야기만 듣다가 수업이 끝나는 경우가 많기 때문이다. 그런데 글로 아이들을 만나다 보면 내가 미처 알지 못했던 아이들의 속마음을 접한다. 그래서 재밌고 반갑다. 그 순간 아이들은 이렇게 느끼고 생각했다는 것을 떠올리면 진실이 재구성되는 느낌이다. 미안한 이유는 '글쓰기를 왜 더 빨리 시도하지 않았을까' 하는 점이다. 하루라도 빨리 글쓰기로 소통했다면 적극적이지 않거나 조용한 친구들의 생각을 더 많이 알 수 있었을 텐데 말이다. 물론 모든 학생에게 강요하면 안 되지만, 적어도 몇 명의 친구들에게는 정말 좋은 소통창구가 된다.

코로나 19로 다양한 동아리 활동을 못 하고 있다. 대신 학급 동아리로 글쓰기를 한다. 우리 반 학생들이 모두 참여하는 '릴레이 글쓰기'를 하고 있는데 이번에는 '자유 글쓰기'를 해봤다. 매번 주제를 정해서 글쓰기를 하다 보니 몇몇 아이들은 '자유 글쓰기는 도대체 어떻게 하는 거냐고' 다시 물었다. 그래서 요새 드는 생각이나 느낌을 친구에게 말하듯이 자유롭게 글을 써보는 것이라고 말했다. 누구에게 잘 보일 필요도 없고 억지로 힘주지 말고 있는 그대로 말이다.

"코로나로 인해 내 인생이 망가지는 것 같다. 원래 친구들이랑 축구도 하고 만나서 자주 놀았었는데 맨날 집에만 있다 보니까 무기력해지는 것 같다. 그리고 매일 똑같은 상황이 반복되니까 답답하다."

"요즘 유명 유튜버들이 자영업자가 힘든 시기에 고작 조회수(돈) 때문에 자영업자 눈에서 피눈물이 나는 경우가 있었습니다. 이에 대한 나의 생각은 그냥 하루빨리 유튜브를 접고 반성하면서 살면 좋을 거 같습니다. 왜냐하면, 그 유튜버는 피치 못할 잘못을 저질렀고 지금 하는 것을 보아 반성할 생각도 안보이고 그래도 구독자를 많이 보유하고 있기에 채널 삭제를 안 하는 것으로 보이기 때문입니다."

"게임을 미친 듯이 많이 하고 싶지만, 건강에 안 좋아서 그러지 못한다. 게임은 재밌는데 왜 건강에 안 좋은 걸까? 너무 슬프다. 차라리 게임을 하면 머리가 좋아지고 건강이 좋아지면 좋겠다. 그러면 정말 천국이 따로 없을 것 같다."

평소처럼 아이들과 1:1로 만날 순 없지만, 글을 읽다 보니 마치 학생들과 마주 앉아 이야기를 나누고 있다는 느낌을 받았다. 막연하게 힘들겠거니 생각했는데 각자 받아들이고 경험하는 이야기가 이렇게 다르구나 싶었다. 글마다 답장을 보내고 대화를 이어가니 부드럽다. 삶과 삶이 만나는 지점에서 관심이 생기고 공감이 되며 소통이 시작되었다.

삶이 있는 글쓰기는 재미가 있다. 삶이 있는 글쓰기는 계속 읽고 싶다. '빌려온 말, 남의 이야기가 아닌 내 말, 내가 살아가는 이야기 그대로'라고 말씀하신 이오덕 선생님의 말씀이 굉장히 공감된다. 그래서 내가 가장 좋아하는 수업도 매주 월요일마다 하는 '주말 이야기 삶 나누기'인 것 같다.

이제는 아이들과 함께 글쓰기를 통해 서로의 삶을 나누고 함께 웃고 싶다.

책 읽어주기는
일일드라마처럼

"아~ 선생님이 그냥 책 읽어주시고 이야기 나누면 앙대요? 교과서 재미없어요. 그냥 선생님이 책 읽어주시는 게 좋아요!!!"
"(후훗…. 애써 표정 관리 하며) 흠…. 나도 그러고 싶은데…. 하하 그럼 투표해보자~ 교과서로 공부하는 게 좋다. 손"
'1명…. 왜냐고 물으니 선생님이 책 읽어주면 졸리단다…. 웃기시네…. 자기가 젤 집중해서 들으면서.'
"그럼 선생님이 책 읽어주며 공부하는 게 좋다?"
'오…. 한 명 빼고 전부네??'

내가 책을 학생들에게 읽어준 건 순전히 딸 때문이다. 내 딸이 4살 때 나는 엄격한 아빠였다. 크게 혼내지 않아도 될 일에 못 참고 큰소리로 훈육했다. 나는 그게 꼭 필요한 행동이라 생각했고 계속했다. 어느 날, 딸이 눈을 끔벅끔벅하기 시작했다. 틱 증세와 비슷해서 깜짝 놀라 안과에 갔다. 눈을 살펴본 의사 선생님은 큰 스트레스에 의한 반응인 것 같다고 말씀하셨고 나는 내 문제라고 느꼈다. 충격이었다.
딸과 함께 보내는 시간이 부족했던 것일까? 아니면 함께 보내는 시간이 온전하지 못해서 그런 것일까? 자신을 책망하며 앞으로 어떻게 해야 할지 생각했다. 그래서 생각해 낸 방법이 '책 읽어주기'였다. 일단 책을 읽어주려면 딸과 최대한 가까이 붙어야 한다. 작은 스킨십이 생겼다. 그림책을 읽어주니 딸이 좋아했다. 둘이 같은 곳을 바라보며 함께 웃었다. 나는 목소리를 바꿔가며 갖은 표정을 연기하며 책을 읽어주며 딸의 반응을 살폈다. 그렇게 매일 꾸준히 책 읽어주기는 계속되었다.

딸에게 책을 읽어주다 보니 우리 반 아이들에게도 책을 읽어주면 참 좋겠다는 생각을 했다. 어느 날 교실에서 앞으로 아침마다 내가 책을 읽어준다고 하니 아이들은 꽤 놀란 눈치였다. 우락부락하게 생긴 담임 선생님이 책을 들고 선전포고를 한다. 갑작스러운 공격에 당황했지만, 한편으로는 기대하는 눈치였다. 나는 그렇게 아침마다 일일드라마처럼 책을 읽어주기 시작했다. 하루에 10분씩, 어느 날은 1교시 내내 책을 읽어준 적도 있다.

그렇게 집에서는 딸에게, 학교에서는 학생들에게 책을 읽어주는 나날이 계속되었다. 우연히 '책 읽어주기 운동본부'에서 실시하는 책 읽어주기 감상문 대회가 있다는 사실을 알게 되었다. 그동안 읽어주면서 느꼈던 소감을 기록하는 것도 의미가 있겠다는 생각이 들어 도전했고 당당히 장려상을 받게 되었다. 상장 하나를 들고 어린아이처럼 집에 있는 딸에게 자랑하고 학교에서는 아이들에게 뽐냈다. 후에는 실제로 책 읽어주기 한마당에 출전해서 본선 1위로 무대 위에서 관객들에게 책을 읽어주는 신비로운 경험도 했다. 관객 속에서 사랑스러운 눈빛으로 날 바라봐주는 내 딸만 보였다. 또 책 읽어주기 한마당에 참여한 다른 반 학생들도 만나서 무척 놀라기도 했다. 예선에 탈락해서 아쉬워하는 아이들 앞에서 나는 본선 진출했다고 눈치 없이 자랑도 했다. 이렇게 책 읽어주기는 가정과 학교에서 소소한 행복을 만들어준 것이다.

책을 읽어준다는 건 아이들에게 무슨 의미일까? 일단 서로가 따뜻한 관계가 되는 것 같다. 책 하나를 두고 눈빛을 마주 보며 이야기를 들려주는 분위기가 좋다. 들려주는 내용을 상상하며 웃음 짓는 표정

선생님! 오늘 하루 어떠셨어요?

을 바라보는 재미도 쏠쏠하다. 또 듣는 능력이 좋아진다. 공부에서 가장 중요한 것 하나만 뽑으라고 한다면, 나는 듣기 능력이라고 생각한다. 일단 담임선생님의 수업내용을 잘 듣고 이해하는 게 모든 공부의 출발점이라고 믿는다. 책 읽어주기는 자연스레 잘 듣기 위한 집중력을 향상시킨다.

자연스러운 대화의 소재가 될 수 있다. 서로 얼굴을 마주 보고 이야기를 바로 시작하는 건 조금 민망하다. 아무리 좋은 내용이라도 일방적인 전달이나 훈계로 느낄 수 있기 때문이다. 책에 나오는 등장인물의 관점에서 말해보는 활동, 인상적인 장면을 뽑고 그 이유를 나누는 활동 등을 통해 서로의 속마음을 알고 이해하는 시간을 가질 수 있다.

고학년들은 책 읽어주기를 싫어할까? 그동안 내가 읽어준 경험을 토대로 감히 말하건대, 아니다. 아이들은 무척 좋아한다. 담임선생님이 목소리가 안 좋은데도 괜찮을까? 다시 감히 말하건대, 괜찮다. 아이들은 일단 담임선생님을 좋아한다. 담임선생님이 연기를 못하는데 괜찮을까? 마지막으로 건방지게 말하건대, 괜찮다. 아이들은 자신들을 위해 책을 읽어주는 행위 자체를 무척 고마워한다.

"이제 〈꼴뚜기〉를 진짜 다 읽어줬네? 하하! 그나저나 선생님이 몇 권 읽어줬을까? 기억나니?"

1. <틀려도 괜찮아>
2. <어린이를 위한 도전>
3. <어린이를 위한 실천>
4. <동생을 반품해 드립니다>
5. <꽃들에게 희망을>
6. <갈매기의 꿈>
7. <어린이 명심보감>
8. <점>
9. <많아요>
10. <사라 버스를 타다>
11. <누가 우모강을 죽였을까?>
12. <꼴뚜기>
13. <전 세계 어린이들이 가장 많
이 읽는 영어동화 100편>

하루에 10분 어쩌다 삘 받으면 30분 동안 읽어줬더니만 꽤 많이 읽어줬다. 우리 반 아이들과 함께 공유하는 책들이 13권이나 되다니! 거기다 온 책 읽기 도서도 2권 〈소리 질러 운동장〉, 〈우리들의 일그러진 영웅〉

15권이라…. 앞으로 남은 시간 동안 천천히 읽어도 20권은 채우겠다. 나만의 학급경영은 '책 읽어주는 웃긴 선생님'으로 하면 되겠다. 딱딱한 교과서 내용을 대신해 관련 도서를 때로는 읽어주고 때로는 읽으며 함께 이야기 나누는 교실을 만들면 어떨까?

선생님! 오늘 하루 어떠셨어요?

진도를 나간다는 의미

"선생님, 진도 다 나가셨어요~?"

"아직 못 나갔어요…."

그렇다. 진도를 다 못 나갔다.

아니다. 진도를 다 나갔다.

월요일 1교시는 국어 시간인데 주말 이야기를 간단히 나누고 교과 수업을 나가려고 계획했다. 그런데 주말 이야기 나눔이 주 수업이 되고 국어수업 시간이 끝나버렸다. 심지어 주말 이야기를 하다가 토론 수업까지 확장돼서 2교시까지 한 적이 있다. 이제는 국어 수업 진도를 빼는 게 아니라 나의 주말 이야기를 바탕으로 진짜 국어수업을 진행한다.

매일 아침 모든 아이의 이름을 불러주며 컨디션 체크를 한다. 컨디션이 좋으면 5, 컨디션이 안 좋으면 1이다. 보통 1, 2인 학생은 이유를 묻는데…. 그러다 보면 가정 배경, 하교 후 활동, 학원에서 무슨 일이 있는지가 줄줄이 고구마처럼 나온다. 그 내용이 궁금해지면 아이들도 나도 질문을 하게 되고 수다를 떨다 보면 한 시간이 지나가 있는 것이다.

또 이런 일도 있다. 국어 시간에 간단하게 서정오 선생님의 〈옛이야기 들려주기〉 중 '중국 임금이 된 머슴'을 읽어주고 수업을 나가려 했다가 책 읽어주기 호응이 좋고 재밌어서 시간이 길어진다. 책 내용 중간중간 질문을 넣고 생각을 나누다 보면 1시간이 후딱 지나간다. 몰입하다가 시계를 보면…. '내가 또 저질렀구나' 하는 후회가 들 때도 있다.

금요일 6교시는 음악인데 수업 시작하기 전에 듣고 싶은 노래를 듣거나 장기자랑 하고 싶은 아이들에게 기회를 기회를 주다 보면 음악 수업이 끝난다. 요새 아이들이 즐겨 듣는 노래를 알게 되고 함께 듣다 보면 공감대가 형성되고 대화가 되더라. 또 자기 끼를 뽐내고 다른 친구들 앞에서 공연할 기회를 주면 공연하는 사람도 좋고 공연을 보는 우리도 좋다. 완전한 일석이조다!

사회 시간도 마찬가지. 교과서를 대신해 역사 사건 관련 책 읽어주기를 조금 하다 보면 사회 수업이 끝난다. 혼자 뮤지컬처럼 1인 5역을 하며 침 튀기며 열연을 하면 아이들이 참 좋아한다. 자연스럽게 역할극으로 연결되고 3학년 동생들에게 공연도 했다. 응? 이건 좀 괜찮은데?

수학, 과학 시간도 마찬가지. 한 가지 질문에 꽂히면 그 질문에 대해 모두 생각해보고 여러모로 발표하며 설득대회를 연다. 앞에 나와서 자신의 주장을 밝히고 다른 의견이 있으면 손들고 나와서 청중을 설득한다. 신기하게도 더 많은 청중을 설득하는 의견이 거의 정답이다. 그 과정에서 실수를 깨닫기도 하고 생각이 발전되기도 한다. 그걸 지켜보며 흐뭇해지는 건 나의 소소한 즐거움이다.

그렇다. 나는 진도를 나가지 못했다.
그러나 나는 진도를 전부 끝냈다.

공간혁신은
이것부터 시작돼야

"선생님 교실 책상 배치는 ㅁ자네요?"
"네! 제가 좋아하는 세인트존스 대학교 강의실 배치를 따라 해봤어요."

공간혁신 이야기가 많다. 교사라고 새로운 공간에서 아름다운 배움을 꿈꾸지 않았을까? 교실 문을 열고 들어서면서부터 느껴지는 안락함과 미지의 세계를 탐험하기에 최적의 공간, 학생들의 호기심을 이끌고 교사가 수업하고 싶게끔 만드는 교실, 전국의 모든 교사가 한 번쯤 생각해봤을 상상이다.

하지만 현재 전국에 모든 학교는 똑같은 직사각형 모양을 하고 있다. 칠판도, 책상도, 사물함도 모든 것이 네모다. 참 신기하게도 과거에도 지금도 미래도 똑같을 것 같다. 그렇다고 모든 학교, 교실을 없애고 새로운 학교를 만들 수는 없는 노릇이다. 지금부터 만드는 학교는 사람에 대한 상상력으로 가득 찬 새로운 공간이길 기원한다. 그럼 현재 있는 학교와 교실은? 일단 주어진 여건에서 최대한 머리를 굴려 공간을 활용해야 한다. 그렇게 공간에 대해 고민을 하다 보니 가장 중요한 요소가 무엇인지 깨닫는다. 바로 '학급당 학생 수'다.

올해 우리 반 학생 수는 30명, 작년 20명에 비해 10명밖에 차이가 나지 않는다. 하지만 교실에서 아이들을 만나는 선생님들에게 1명의 차이는 어마어마하다. 무턱대고 학생 수를 줄이는 건 좋지 않지만 일단 학급당 학생 수가 적은 게 좋은 건 사실이다. 모둠을 만들어 협동할 기회, 사회성 함양을 위한 인원은 16~20명 정도가 적당하다고 생각한다.

그럼 공간혁신과 학급당 학생 수는 어떻게 연결이 될까? 쉽게 생각해보자. 학급당 학생이 30명인 교실과 15명인 교실을 상상해보자. 어느 교실이 여유 공간이 많을까? 당연히 15명인 교실이다. 그럼 어느 교실에서 공간 활용에 대한 가능성이 클까? 당연히 후자다. 물리적으로 크기가 같은 교실에서는 학급당 학생 수에 따라 공간 활용이 크게 달라질 수밖에 없다.

작년에 무리 없이 ㅁ자 책상 배치를 한 이유도 여기에 있다. 교실 앞의 칠판과 교사에게만 집중하는 게 아니라 학급 친구들을 바라보게 하고 싶었다. 누구도 소외되지 않고 자신의 의견을 자신감 있게 이야기하는 교실, 나와 다른 의견을 받아들이는 넓은 마음이 생기는 교실을 꿈꿨다. 군림하고 지시하는 교사가 아니라 학생과 평등하게 의견을 교환하는 조언자가 되고 싶었다.

모두 다 꽃이야

"밖에는 봄이 왔지만, 우리 학교는 아직 겨울인가 봐요. 꽃도 나무도 아직 필 낌새가 없네요. 대신 우리 반을 꽃 반으로 만들어봅시다. 스마트폰을 켜고 검색도 하시고 마음에 드는 꽃을 마음대로 만들고 교실에 아무 데나 붙여봅시다."

그리기도 하고, 접기도 한다. TV에 붙이기도 하고 거울에 붙이기도 한다. 글씨를 쓰기도 한다. 같은 색종이와 색연필이지만 활용법은 참 다르다. 우리 반의 감성으로 교실을 화사한 봄으로 예쁘게 꾸미기는 개뿔, 덕지덕지 돼지우리다. 그래도 각자 나만의 꽃을 만들고 장식까지 하니 즐겁다.

작년 봄만 하더라도 나는 아이들과 교실 꾸미기를 열심히 했다. 올해는 상황이 극단적으로 달라졌다. 봄이 되었지만, 아이들은 교실에 없다. 당연히 교실 꾸미기를 하지는 못한다. 아쉬운 마음에 아이들이 보내준 온라인 과제로 뒤판을 꾸며본다. 그래도 허전함은 여전하다. 아이들 작품을 하나씩 살펴보다가 문득 예전에 들었던 노래와 학생이 질문했던 순간이 떠오른다.

"선생님 그 노래를 왜 듣고 그 가사는 왜 적어요?"

날카로운 질문이다. 마음에 든다. 내가 아이들에게 교사의 말을 무조건 따르지 말고 질문하라고 가르쳤기 때문이다. 맹목적인 수용은 차라리 아무것도 하지 않는 것보다 못하다고 생각한다. 머릿속으로는 이렇게 생각했지만, '굳이 나한테 이렇게까지 질문해야 하나?' 라는 약간의 서운함도 생긴다. 말과 행동이 전혀 다른 나는 아직 멀었다.

"응, 기분 좋고 행복해지는 단어와 문장을 자주 보면 우리 마음도 기분 좋고 행복해지니까. 그리고 진짜 우리는 모두 꽃이니까. 가사를 잘 들어볼래?"

-

모두 다 꽃이야

- 류형선

산에 피어도 꽃이고 들에 피어도 꽃이고 길가에 피어도 꽃이고
아무 데나 피어도 생긴 대로 피어도 이름 없이 피어도
봄에 피어도 꽃이고 여름에 피어도 꽃이야 몰래 피어도 꽃이야.
모두 다 꽃이야.

문득 텅 빈 교실을 바라본다. 책걸상은 말이 없지만, 그곳에 앉아서

활기차게 움직이는 학생들 모습이 보인다. 각자만의 방식으로 하루를 멋지게 살아가는 학생들에게 나는 오늘 어떤 교사였는지 묻는다. 나만의 기준으로, 내 생각만 옳다며 아이들을 몰아붙이지는 않았는지 반성이 된다. 〈모두 다 꽃이야〉 노래만 즐겁게 부르고 막상 실천하지 않았던 건 아닐까? 내일부터는 학생 한 명 한 명을 꽃으로 대할 것이다.

아이들과 한 명씩 통화를 끝내고 학부모님들과의 통화도 끝냈다. 학부모님과 이야기를 나누다 보니 각기 다른 사연을 접한다. 교실에서는 30명 중의 1명이지만, 가정에서는 하나밖에 없는 자녀. '자세히 보아야 예쁘다. 오래 보아야 사랑스럽다. 너도 그렇다.' 나태주 시인의 〈풀꽃〉이 떠오른다. '아는 만큼 보인다.'라고 말씀하신 유홍준 교수의 말도 떠오른다. 학교에 오는 학생들이 자신만의 아름다움을 존중받고 다른 사람의 아름다움도 인정하며 함께 행복한 생활을 했으면 좋겠다.

아이들과 만나지도 못하고 있는데 학부모님들이 나를 좋게 봐주시고 응원해주시니 힘이 난다. 사실 학부모님들이 담임교사에게 보내는 신뢰와 믿음은 온전히 아이들에게 간다. '칭찬'과 '격려'는 전염성이 강하기 때문이다. 누군가를 좋게 봐주고 칭찬을 할 수 있는 사람은 누군가에게 좋게 보이며 칭찬을 받을 수 있다. 한 걸음 용기 내서 손을 내민다면 우리는 두 걸음 함께 걸어갈 수 있다. 학생과 교사 사이, 교사와 학부모 사이, 부모와 자녀 사이. 있는 그대로를 존중하며 장점을 찾아주고 격려하며 칭찬하는 긍정의 선순환이 가득한 학교가 되면 좋겠다.

"나는 꽃이다, 너도 꽃이다. 우리 모두 다 꽃이야."

선생님! 오늘 하루 어떠셨어요?

교단일기
제2장

아이들
이야기

인간관계에서 가장 빨리 친해지는 방법은 무엇이 있을까?

다양한 답이 있겠지만 나는 그중에서도 같이 밥을 먹는 것이라고 생각한다. 그래서 헤어질 때 꼭 다음에 같이 밥 한 끼 하자라고 사람들은 말한다.

'그럼 교실 속에서 아이들과 빨리 친해지기 위해 밥을 같이 먹으면 어떨까?'

라고 멋지게 생각했으면 좋았겠지만 나는 전혀 그런 생각이 없었다. 그저 훌륭한 선생님들이 어떻게 학급경영 하시는지 어깨너머로 지켜볼 뿐. 이영근 선생님께서 점심시간마다 '밥친구'를 하신다는 포스팅을 보게 되었다. 매일 한 명씩, 돌아가면서 반 아이들과 함께 식사하는 활동이다. '이거다!' 싶었다. 나도 해보고 싶었다.

"오늘부터 밥친구를 해볼 거예요. 방법은 간단합니다. 그냥 선생님과 함께 밥을 먹는 거예요. 쉽죠?"

아이들 표정은 좋지 않았다. 점심시간은 유일하게 자유로운 시간인데 그 시간마저 담임선생님과 마주 보며 밥을 먹어야 한다니. 얼마나 힘든 일인가. 그래도 이참에 아이들을 파악하고 대화도 할 수 있는 절호의 찬스라고 여기며 적극적으로 추진했다.

"학교생활은 어때?"
"첫째인가? 동생이 있었지?"
"부모님이랑 보내는 시간이 많아?"

"선생님, 진짜 우리 아빠 같아요. 취조당하는 거 같아서 밥이 안 넘어가요."

의욕이 앞서서 그만 숟가락을 뜨기도 전에 학생에게 속사포 질문을 했다. 밥 먹는 동안 이 학생의 모든 것을 알고 싶었다. 하지만 학생을 배려하지 않는 질문은 의미가 없었다. 서로를 잘 알기도 전에 무턱대고 들이댔으니 학생 입장에서는 정말 부담스러웠겠다.

그래도 포기하지 않고 1년 동안 매일 밥친구를 실시했다. 처음에 나는 상담을 꼭 해야 한다는 압박으로 이것저것 묻느라, 아이들은 대답하느라 밥을 잘 못 먹었다. 하지만 그러다 보니 순수한 의미의 밥친구보다는 개인 상담하는 경향이 심해졌다. '내가 원한 건 이게 아니었는데' 자연스러운 밥친구가 되고 싶어서 학생이 듣고 싶은 노래 3곡을 같이 들으며 식사를 하게 되었다. 억지로 묻지 않고 때로는 노래만 듣고 밥만 먹는 일도 있었다. 학생이 준비되면 스스로 말할 때까지 기다렸다.

　그렇게 시간이 흐르다 보니 자연스럽게 아이가 무엇을 좋아하고 무엇에 관심 있는지 알게 되었다. 점점 대화가 부드럽고 편해졌다. 단순히 밥만 같이 먹는다고 친해지는 것이 아니라, 힘을 빼고 천천히 기다리며 시간을 갖다 보면 더욱 가까워지는 법인가보다.

타이밍

"야~ 폭력 쓰지 말랬지!!"

순간 급식실에 정적이 흐른다. 모든 학생이 밥을 먹고 있는데 내가 그 학생에게 소리를 질렀다. 처음 만날 때부터 폭력 쓰지 말라고 엄청 강조했고 약속까지 했는데 그걸 어기다니. 순간 나는 화를 참지 못했다.

"너! 내가 그러지 말라고 했지? 네가 뭔데 남에게 폭력을 행사해? 어? 어? 밥 먹고 내 자리에 가서 서 있어!!"

사건의 발단은 이랬다. 밥친구 학생과 마주 보며 맛난 음식을 먹으며 맛난 음식 이야기를 하고 있었다. 옆에서 무슨 소리가 들리고 웅성웅성해서 고개를 돌리니 잡스가 자기보다 덩치가 한참 작은 남학생 등을 풀파워로 때리는 장면을 보았다. 그리고도 분이 안 풀리는지 목 부분을 세게 눌러서 그 학생 몸이 접혔다. 마지막으로 헤드록을 걸어 잡스 몸쪽으로 기울이고 있는 것이 아닌가?

나는 자리를 박차고 일어나 제지하고 잡스를 노려보며 사자후를 발사했다. 폭력에 엄청 예민한 나는 순간 이성을 잃었다. 모든 학생이 있는 곳에서 아이들을 혼내면 안 된다는 기본적인 사실을 알면서도 그 순간은 그게 생각나지 않았다. 나는 폭발했다. 옆에서 밥 먹고 있던 아이들은 놀라서 딸꾹질했다.

상담실에 셋이 모였다. 이야기를 들어보니 잡스는 오늘 급식메뉴 치킨이 싫어서 안 먹고 싶다고 이야기를 했는데 옆에 앉은 그 학생이 장난삼아 자기 젓가락으로 잡스 치킨을 툭 건드렸다고 한다. 그게 사건의 경위였다.

"야! 너는 옆 사람 식판에 있는 음식을 왜 건드려? 그리고 1년 동안 같이 살면서 반 친구들 특성도 몰라? 잡스는 다른 아이들보다 조금 예민하잖아! 알아 몰라? 그런데도 먼저 장난친 거는 네 잘못이야. 당장 사과해라!"

그 아이도 잡스가 이렇게까지 예민할 줄 몰랐단다. 그런데 일이 이렇게 커지니 당황스럽고 미안한 모양이다. 그 아이는 잡스에게 장난쳐서 미안하다고 사과를 했는데 잡스는 대답하지 않았다.

"야, 잡스! 너는 친구가 장난치면 무조건 폭력을 써야 하는 거야? 너 내가 뭐라고 했어? 절대 폭력은 안 된다고 했지? 내 말을 뭐로 알아들은 거야? 장난해 지금? 그래서 내가 너한테 화낸 거야! 알아들어?"

장난친 학생은 내보내고 잡스와 마주 보고 앉았다. 그런데 잡스가 꺼이꺼이 울면서 한 손으로 심장 쪽을 붙잡고 우는 것이 아닌가.

"선생님…. 속이 너무 울렁거려요…. 으윽으으으으윽"
"숨 쉬어~ 너 지금 우느라고 숨을 안 쉬고 있어. 들이마시고~ 내뱉고~ 나 따라 해~ 습습 후후"

잡스가 우는 모습을 첨 봤다. 냉정하고 날카로우며 포커페이스인 5학년 남학생이 순간 5살짜리 아이로 보였다. 일단 어느 정도 시간이 흐른 뒤 내가 말했다.

"너, 내가 싫어하면 이렇게 말하지도 않아. 선생님이 너 칭찬 많이 하잖아. 그리고 친구들도 네가 공정하다고 믿고 따르잖아. 내가 너를 싫어해서 화를 낸 게 아니야. 그건 알지?"
"알아요, 선생님이 저를 좋게 생각해 주시고 발표를 계속할 수 있도록 해주신 것도 알고 있어요."
"그래. 그런데 내가 너에게 먼저 사과할 게 있다. 다른 사람들 앞에서 소리 지르고 너에게 화를 낸 건 내 잘못이다. 미안하다. 나도 순간 이성을 잃고 화를 냈다. 선생님이 학창시절에 학교폭력 피해 경험이 있어서 학교폭력에 굉장히 예민하다고 말한 적 있지? 그런데 아무리 그래도 너에게 큰 상처를 준 것 같아. 그건 정식으로 사과하고 싶어 미안해."

"네."

"그런데 이렇게 말이 나온 김에 나에게 하고 싶은 이야기를 해봐. 사실 난 네가 맘에 들거든. 특이한 사람은 특이한 사람을 알아보는 거 알아? 도대체 왜 이렇게 예민하고 까칠하게 행동하며 사람을 못 믿는 거야? 그리고 문제가 생기면 왜 힘부터 쓰려고 하는 거고?"

"형이 아무 이유 없이 저를 때리고 괴롭혔는데 저도 모르게 그걸 따라 하는 것 같아요. 이러지 말아야지 하면서도 저도 순간 못 참고 힘을 쓴 것 같아요. 그리고 저는 사람이 제 앞에 지나가면 그 사람이 느껴져요. 저랑 잘 맞는지 안 맞는지 알아요. 이건 제 성격이에요."

정말 특이한 이야기를 들었다. 그 사람이 만들어내는 에너지를 말하는 건가? 정확히 이해하지는 못하지만 정말 예민한 사람은 그럴 수 있겠다 싶었다. 그렇게 잡스는 이야기하고 나는 들었다.

4번이나 전학을 다녔던 이야기, 특이해서 자주 왕따가 되고 따돌림을 받았던 이야기, 친한 친구가 딱 한 명 있었는데 그 친구가 자신을 배신했던 이야기, 그 후부터 사람을 믿지 않고 친구를 사귀지 않는 이야기 등등 20분 넘게 이야기를 듣다가 종이 쳤다.

"야, 근데 왜 이걸 이제야 이야기하는 거야?"

"그동안은 이렇게 말할 타이밍이 없었으니까요."

타·이·밍

내가 잡스 건너편에 앉아서 밥 먹었던 것도. 그 학생이 잡스 옆에 앉아서 젓가락으로 장난쳤던 것도. 사자후를 지르며 혼을 내고 상담실에 부른 것도. 모두 오늘 대화를 위한 타이밍인 건가?

"종이 쳤으니 일단 나는 먼저 들어간다. 너는 화장실 가서 씻고 마음 정리되면 들어와."

"그냥 이곳에서 더 있다가 가면 안 될까요?"

"편한 대로 해."

한참 뒤 잡스는 복도에 나타났고 장난친 학생을 복도로 불러달라고

선생님! 오늘 하루 어떠셨어요?

했다. 나중에 들으니 잡스가 장난친 학생에게 자기가 예민하게 반응하고 폭력을 써서 미안했다고 사과를 했다고 한다. 5교시는 애써 웃으며 다른 학생들과 수업 시간을 보냈지만, 그 녀석을 생각하면 내내 마음 한쪽이 불편했다.

더 좋은 방법으로, 더 좋은 타이밍에, 더 좋은 모습을 보일 수도 있었을 텐데 나는 그러질 못했다. 나보다 더 훌륭한 선생님과 지냈다면 그 녀석에게 더 좋았을걸 하는 마음이 들었다. 그래도 어쩌랴. 미우나 고우나 나랑 1년을 살아야 하는 것을. 그러니까 선생님한테 좀 더 기회를 줘!

전담시간이 끝나고 아이들이 하나둘 교실로 들어온다. 손 씻고 오라고 말한 뒤 고개를 돌리는데 학생 한 명이 나에게 말했다.

"선생님, 제가 분홍 샤프를 잃어버렸거든요? 근데 그게 안경 친구 필통 안에 있는 것 같아요."

그래서 두 학생과 잠깐 이야기를 나눴다. 촉이 왔다.

"지금은 점심시간이니 일단 급식 먹고 돌아와서 다시 이야기할까? 무슨 상황인지는 알겠다."

일부러 내 앞자리를 비워놓고 안경이가 앉도록 유인했다. 아니 유인했다기보다 안경이가 스스로 내 앞자리로 다가왔다. 고개를 앞으로 쭈욱 내밀어 안경이에게 소곤소곤 말했다.

"근데 있잖아. 아까 이야기를 길게 못 해서 그러는데 정말로 가져간 적 없는 거지? 나는 솔직하게 말하면 용서하고 넘어가는데 거짓말하

선생님! 오늘 하루 어떠셨어요?

면 지구 끝까지 가서 혼내주는 스타일이잖니? 혼내지 않을 테니까 솔직히 말해봐."

큰 눈을 끔뻑끔뻑하며 안경을 약간 내리더니 안경이가 말했다.

"사실 그게… 저도 4학년 때 필통에 있던 샤프를 잃어버린 적 있거든요. 근데 그게 그 친구 것과 똑같았어요. 그래서 저도 모르게 그러면 안 되는 거 아는데 그랬어요. 근데 아까는 복도에서 친구들이 보고 있고 그래서 솔직히 말 못 했어요."
"그래, 솔직히 말해줘서 고맙다. 다행이야. 큰 용기 낸 거야. 누구나 그런 마음이 들지. 나도 좋은 물건 보면 갖고 싶은 마음이 들어. 하물며 초등학생인 너는 오죽하랴? 하지만 그건 나쁜 행동이다. 이번 한 번은 넘어갈 테니 다음부터는 그러지 말아라. 그리고 밥 다 먹고 그 친구랑 너랑 나랑 셋이 이야기는 해야겠다. 알겠지?"
"네."

밥 먹고 우리 반 전용 상담실에 셋이 모였다. 자초지종을 듣고 그 학생은 안도하면서도 눈물을 흘렸다. 자기 것 봤냐고 몇 번을 물었는데도 모른다고 했으니 얼마나 속이 찢어졌을고…. 이번엔 안경이가 눈물을 흘렸다. 그러면 안 되는 걸 알면서도 참지 못하고 가져가긴 했는데 수사망이 좁혀오자 더 큰 거짓말을(마트에서 구입했다며) 하다가 결국 사태가 이렇게 커졌으니.

"모든 사람은 실수한다. 다만 똑같은 실수를 하지 않으면 되는 거야. 이번 한 번의 잘못으로 친구를 범죄자로 생각하지 않았으면 좋겠다. 이번 일을 통해서 각자 느낀 점이 많았을 거야."

"너는 저번 주에 벌어진 일을 혼자 수습하려다 주말 내내 맘고생 했지만, 선생님께 이야기하니 1시간도 안 걸려서 찾았지? 다음부턴 무슨 문제가 생기면 바로 나한테 이야기하렴. 내가 왜 있니?"

"안경이도 친구의 물건에 손을 대고 거짓말한 것은 정말 나쁜 행동이고 친구에게 마음에 상처를 준다는 걸 알았을 거다. 다음부턴 절대로 그런 행동을 하지 말아라. 알겠지?"

미궁에 빠질 뻔했지만, 사건이 운 좋게 해결되서 다행이었다. 그런데 교실에서 담임교사가 잘 모르는 이런 사건, 사고가 얼마나 잦을까? 나는 빙산의 일각만 보고 우리 반은 아무 문제없이 잘 굴러가고 있다고 생각하는 건 아닌지 모르겠다.

우리는 서로에게
배우며 함께 성장한다

수학을 너무 어려워하는 학생이 스스로 열심히 문제를 푼다. 모르면 선생님께 와서 당당히 질문하고 도움을 받는다. 포기하지 않고 도전하여 도저히 못 풀 것 같던 문제를 해결한다. 교사에게 칭찬을 받고 스스로 성취감을 느낀다. 더 나아가 다른 친구를 돕고 가르쳐준다.

실제로 이런 일이 교실에서 자주 벌어진다면 교사로서 정말 뿌듯하고 행복할 것이다. 나는 운 좋게도 위와 같은 경험을 했다. 내가 잘 가르쳐서 그런 건 절대 아니다. 그저 아이들이 스스로 입을 열고 다른 사람을 가르칠 기회만 제공했을 뿐이다. 우리 교실에서 무슨 일이 벌어진 것일까?

수학 수업 시간 난 극심한 스트레스를 경험했다. 핵심 개념을 설명하고 각자 문제를 풀게 했다. 도움이 필요한 학생은 손을 들고 질문했다. 그런데 대화하다 보니 그 학생은 기본 개념조차 이해하지 못하고 문제를 읽지도 않은 채 도움을 요청한 것이다. 보통 이럴 때 도움은 별 효과가 없다. 본인이 고민하고 구체적으로 어떤 부분에 도움이 필요한지 알지 못하면 당장은 정답을 찾을 수는 있어도 몇 분만 지나면 다 까먹는다.

수학은 계열성이 강해 기초학습이 누락 되면 후속 학습 진행이 어렵다. 예를 들어 구구단을 외우지 못하면 배수와 약수 학습이 어려운 것이다. 그래서 그 학생에게 기본 개념부터 차근차근 알려주다 보니 시간이 흘러 연습 문제를 다 푼 다른 학생들이 채점해달라고 손을 들며 기다리고 있다. 빨리 정리하고 그 학생들에게 돌아가려니 정말 도움이 필요한 학생이 내 앞에 있고 이 학생에게 더 도움을 주려니 채점을 기다리는 대다수 학생에게 미안했다.

결국, 수업 종이 쳤고 남아서 문제를 풀었지만, 누구에게도 정확한 도움을 주지 못한 수업이 되었다. 욕심이었다. 더 중요하고 어려운 부분이라 교사가 모든 걸 다 확인해줘야 한다고 생각했다. 나는 최선을 다했지만 결국 잘하진 못했다. 답답한 마음에 학년 부장 선생님에게 가서 하소연했다.

"속에서 답답함이 터지려고 합니다. 다른 과목 수업은 자유롭게 하지만 수학만큼은 기초 공사가 중요해서 약분과 통분부터는 꼼꼼히 한 명씩 채점도 해주고 피드백을 해주는데 오늘은 소수의 학생 지도 때문에 대부분 학생을 놓치는 상황이 발생했어요. 선생님의 수학 수업을 참관해도 될까요?"

"네 그럼요! 언제든지요."

학년 부장 선생님은 본인의 수학 수업 시간표까지 바꿔가며 내가 참관할 수 있도록 배려해주셨고 40분 동안 시스템이 구축된 교사의 수업 진행과 다양한 수준의 학생들이 어떻게 배워나가는지 살펴봤다. 수많은 장점 중에 내 머리에 꽂힌 것은 '옆 친구를 가르쳐주는 학생의 표정'이었다. 정말 즐겁고 행복한 표정이었다. 교사의 수업내용을 열심히 듣고 자기만의 언어로 다른 친구들을 도와주는 모습이 인상적이었다.

특히 먼저 채점이 끝난 꼬마 선생님이 빨간 펜을 받고 교실을 돌아다니며 도움이 필요한 학생을 찾고 스스로 도와주는 모습이 인상적이었다. 그런 꼬마 선생님과 역동적으로 대화하며 배워나가는 친구들을 보며 '아 이게 진짜 배움이구나!'라는 생각이 들었다.

"꼬마 선생님을 임명합니다."

당장 우리 반 수업에서도 적용해보기로 했다. 핵심 개념을 설명하고 학생들은 개별적으로 문제를 풀기 시작했다. 먼저 채점이 끝난 첫 번째 학생에게 다소 과장된 행동을 했다.

"오, 첫 번째로 다른 친구들을 도와주며 가르쳐줄 꼬마 선생님은!" 이라고 말하며 펜을 높이 던지며 괴성을 질렀다.

첫 번째로 펜을 받아 든 학생은 진짜 선생님이라도 된 것처럼 당당한 표정으로 아이들에게 다가갔고 다른 아이들은 손을 들고 꼬마 선생님을 열렬히 환영했다. 교사가 아무리 설명을 잘해도 또래 친구가 더 편하고 좋은가보다. 부담 없이 편안하게 배우는 모습이 좋았다. 심지어 어떨 때는 설명을 잘 못 하는데도 정확하게 이해를 하는 신기한(?) 경우도 봤다. 텔레파시가 통하나?

아이들은 꼬마 선생님이 되기 위해 정확히 말하며 형형색색 다양한 펜을 획득하기 위해 경쟁적으로 열심히 문제를 풀었다. 선생님께 칭찬도 받고 친구들에게 도움을 줄 수도 있어 일거양득이다. 이렇게 두 번째, 세 번째…. 꼬마 선생님이 탄생했고 아이들은 삼삼오오 모여 서로서로 가르치고 배웠다. 지금 생각해보면 문제를 다 푼 학생은 쉬고 싶고 놀고 싶을 텐데 다른 친구를 도와주며 더 좋아하다니 선뜻 이해가 되지는 않았지만 말이다.

"선생님! 이 부분 잘 모르겠어요. 여기까지는 알겠는데…. 도와주세요."

평소 수학을 어려워하고 공부에 관심이 없는 학생이다. 잘한 부분을 칭찬하고 못 한 부분도 충분히 할 수 있다고 격려하며 작은 도움을 줬더니 자기 자리로 돌아가서 열심히 문제를 푼다. 곧 모든 문제를 해결하고 위풍당당 개선장군이 되어 돌아왔다.

"대단한데? 축하해! 너도 꼬마 선생님으로 임명한다!"

그 학생은 펜을 들고 친구들에게 나아갔다. 도움이 필요한 학생 옆에 붙어서 자신이 푼 노하우를 아낌없이 제공하며 쉴 새 없이 설명을 이어갔다. 옆에서 살펴보니 이 학생이 이렇게 수학을 좋아했었나 갸우

뚱한다. 다양한 예시 문제를 제공하며 연습의 기회를 주는 걸 보니 기특하다.

"선생님! 가르치다 보니 더 배우게 되는 게 있는 것 같아요. 그리고 혼자 푸는 거랑 친구에게 가르칠 때랑 참 많이 다른 것 같아요. 특히 다른 친구의 입장에서 어떻게 접근해야 하는지 생각하는 게 어렵지만 재미있어요."

꼬마 선생님들이 다른 친구를 도와주면서 나는 굉장한 여유가 생겼다. 나는 그동안 정말 도움이 필요한 학생에게 다가가 개별 피드백을

시작했고 꼬마 선생님들을 격려하고 칭찬했다. 물론 배우는 학생들의 반응도 살피며 만족도를 묻기도 했다.

이 모든 순간이 어우러져 나도 모르게 크게 웃고 말았다. 너무 즐겁고 행복했기 때문이다. 아이들은 깜짝 놀라 왜 그렇게 크게 웃으시냐고 물었고 너희들끼리 서로 가르치고 배우는 모습이 최고로 좋다고 말했다.

배움은 가까이 있었다. 교사가 완벽한 지식을 빠르고 정확하게 전달했다고 착각하지는 않았는지 반성이 된다. 교사가 아무리 설명을 잘해도 학생이 이해하지 못했다면 그건 제대로 된 수업이라고 할 수 없다. 교사가 혼자 떠들고 학생은 수동적으로 듣기만 한다면 그 또한 제대로 된 배움이 아닐 것이다.

학생은 교사에게 배우기도 하지만 서로에게도 배운다. 나도 오늘 학생들을 보며 진정한 배움을 목격하고 배운다. 고맙다.

학생은
수업하면 안 되나요?

4교시 도덕 시간. 드디어 오늘 꼬마 선생님의 수업이 시작되었다. 우리 반 도덕 시간은 단원별로 팀을 나누어 아이들이 직접 수업을 한다. '서 있는 곳이 달라지면 풍경이 달라진다.'라는 웹툰 〈송곳〉의 대사처럼 교사와 학생의 위치를 바꾸는 행위는 엄청나게 신비로운 경험이다. 나는 학생 관점에서 아이들의 뒷모습과 움직임을 보며 꼬마 선생님 수업에 집중하고 나를 성찰한다. 내성적인 성격의 아이는 작은 목소리지만 용기 내어 질문하고 수업을 이끌었다. 나는 그 모습을 보며 꼬마 선생님을 마음속으로 응원했다. 그런데 긴장한 모양인지 개인/모둠 활동을 다 건너뛰고 수업을 10분 만에 끝내고 말았다.

"음 그러니까…. 다음은…. 음….."
"몇 쪽이야? 다음에는 무슨 활동이야?"
"음… 음… 아… 다음은 안 되는데….."
"응? 혹시 마지막 슬라이드야?"
"응….." (유독 크게 보이는 수고 하셨습니다! 마지막 화면)
"아… 음… 그러면 우리 나머지 시간은 글 똥 누기 할까? 이번 수업 소감이나 1교시부터 안 쓴 거 있으면 쓸까?"

준비를 아무리 많이 해도 막상 앞으로 나오면 머릿속이 하애진다. 나도 그럴 때가 있는데 수업을 처음 하는 학생은 오죽하랴. 40분 수업을 10분 만에 끝내서 시계만 계속 쳐다보는 꼬마 선생님. 엄청나게 당황스러운 순간임에도 꼬마 선생님 마음 다치지 않게 배려하려고 노력하는 반 아이들. 과연 마지막이 어떻게 정리되는지 무척 궁금했다. 나는 꼬마 선생님 자리에 앉아 꼬마 선생님과 반 아이들을 번갈아 보며 입은 꾹 다문 채 조용히 관찰을 계속했다.

"흑흑… 으으으응… 흑흑…"
"우는 건가? 진짜??"

꼬마 선생님은 정말 최선을 다했지만 결국 무너졌다. 한참 남아버린 시간, 자신을 바라보는 38개의 눈동자, 그리고 일동 침묵. 더 지켜만 볼 수는 없었다.

"오늘 꼬마 선생님은 지금 가장 위대한 수업을 몸으로 보여주고 있습니다. 오늘 배운 핵심은 '감정'과 '욕구'입니다. 내 뜻대로 되지 않아 당황스러운 상황에서 도저히 어찌할 바를 모르겠을 때 우리는 극한의 슬픔과 두려움에 빠지게 됩니다. 그때는 울어도 됩니다. 아니 무조건 울어야 합니다. 꼬마 선생님은 말로 하는 설명과 몸으로 직접 보여주는 행동으로서 수업을 완성했다고 생각합니다. 꼬마 선생님은 지금 감정이 어떤가요?"

"정말 긴장됐고 40분을 채우지 못해 슬프고 아쉬워요."

"얘들아, 지금 너희들의 감정은 어떠니?"

"왜 우는지 당황스러웠어요. 꼬마 선생님은 엄청 열심히 잘했는데…. 그리고 저희도 같이 슬퍼져요."

아이들과 지금 이 순간 느끼는 감정과 욕구에 관해 이야기를 나눴다. 꼬마 선생님의 10분 수업을 소중한 수업 자료로 활용해 즉흥적인 수업을 진행했다. 꼬마 선생님은 두 손으로 얼굴을 가리고 있었지만 솔직한 대화가 오가면서 지금 우리가 느끼는 '감정'에 대해 공감하며 조금씩 얼굴을 보였다.

"그럼 꼬마 선생님에게 너희들은 어떤 '욕구'가 드니?"

"엄청나게 수고했다고 말해주고 싶어요. 그리고 틀려도 괜찮으니까 용기를 갖고 계속 도전했으면 좋겠다는 생각도 듭니다."

꼬마 선생님은 오늘 친구들 앞에서 홀로 서 있는 외로움, 고독, 두려움, 슬픔을 느꼈을 것이다. 반 아이들은 그런 꼬마 선생님을 바라보며 당황스러움, 공감, 위로, 격려하고 싶은 마음을 가졌을 것이다.

"자, 점심 먹기 전에 손 깨끗하게 씻고 복도에 줄 서세요. 그리고 꼬마 선생님은 할 이야기가 있으니 잠깐 남아주세요."

나는 꼬마 선생님을 꼬옥 안아주었다. 아무 말 없이. 그리고 토닥토닥 등을 두들겨 주고 머리를 쓰다듬어 주었다. 수고했다고 잘했다는 말과 함께. 평상시 하교 인사도 '안아주기'를 좋아하는 꼬마 선생님에게는 많은 말보다 따뜻한 포옹이 더 필요할 것 같았다.

"2주간 자료 조사를 하고 PPT를 만들고 내 옆에서 발표 준비를 얼마나 하던지요."

꼬마 선생님 어머니의 메시지가 떠올랐다. 그날 오후 꼬마 선생님 어머니에게 문자를 보냈다. 비록 오늘은 힘든 상황을 겪었지만, 이 경험을 통해서 성장할 거라고 꼭 그렇게 되도록 함께 노력하겠다고 말이다.

나는 그리고 우리는 모두 최고로 훌륭한 스승의 위대한 수업을 보았다.

교실 밖에서
더 커지는 배움

#1_ 동생들 앞에서 발표를 한다고요?

과학 수업을 진행하며 3단원 중반까지 공부한 내용을 모둠별로 대형 포스트잇에 정리하는 시간을 가졌다. 오목렌즈, 볼록렌즈, 빛의 굴절 등 6개의 키워드를 제시하고 모둠별로 한 명씩 나와서 가위바위보 승자가 키워드를 먼저 선택하게 했다. 이번에도 우리 반 아이들끼리만 발표하고 스티커 평가를 하려고 했는데 순간 동생들에게 설명하면 더 좋겠다는 생각이 들었다. 그래서 아이들에게 "이번 발표는 동생들에게 해줄 거니깐, 최대한 쉽고 짧게 이해할 수 있도록 노력해보자"라고 말했다. 5교시 시작시간에 몇 학년 몇 반으로 가는지 말해주겠노라고 말하며 학년 반을 섭외하기 시작했다. 친한 동갑내기 3학년 선생님에게 취지를 말했더니 흔쾌히 수락해줘서 고마웠다.

아이들은 20분이라는 엄청나게 짧은 시간 동안 멋지게 작품(?)을 만들었다. 대형 포스트잇, 전지를 활용한 정리 수업을 몇 번 해서 그런지 가끔 소개했던 비쥬얼씽킹도 활용해서 크게 어렵지 않게 진행했다. 그 모습을 흐뭇하게 바라보며 시간 얼마 안 남았다고 재촉하는 재미가 쏠쏠했다. "더 쉽게 알려주려면 어떻게 해야 할까요?" "이렇게 그리고 알려주면 괜찮을까요?" 동생들에게 스티커 선택을 받기 위해 더 깊게 파고드는 아이들을 보며 뭔가 신기하고 뿌듯하기도 했다. 6개 모둠 중 3등까지만 선물을 준다고 말해서 그런가? 아이들은 눈에 불을 켜고 덤벼들었다.

점심 먹고 5교시, 우리 반 전원은 2층 3학년 교실 복도에서 떨리는 마음으로 대기했다. 내가 들어가서 아이들에게 이 수업의 취지를 설명하고 열심히 듣고 냉정하게 스티커 평가를 해달라고 부탁했다. 모둠별로 최선을 다해 설명하는 우리 반 아이들이 낯설어 보였다. 누군가에게 가르치고 설명한다는 게 쉽지 않다는 것을 느꼈을 것이다. 과학실에서 돋보기, 비커와 막대를 빌려와 3학년 아이들에게 한 명씩 보여주기도 하고 미니 역할극을 하면서 웃음바다로 만들기도 했다. 사진을 찍어주는데 우리 반 아이들의 쿵쾅거리는 심장 소리가 들리는듯했다.

선생님! 오늘 하루 어떠셨어요?

모든 발표가 끝나고 동생들의 냉정한 스티커 평가가 시작되었다. 한 사람당 3개의 스티커가 배부되고 신중하게 고민한 뒤 선택했다. 최고 점은 21점, 최저점은 4점. 선생님이 평가한 것이 아니고 동생들이 설명을 듣고 평가한 것이기에 겸허하게 수용해야 한다고 말했다. 나머지 시간에는 질문을 받았다. 궁금했던 내용과 이해가 가지 않았던 내용을 송곳처럼 질문하자 우리 반 아이들은 땀을 삐질삐질 흘렸다. 그러나 질문을 하고 질문에 대답하는 과정에서 더 깊게, 더 넓게 생각해보는 계기가 되었다. 오늘 행복했던 만남은 상호 간의 인사로 따뜻하게 마무리되었다.

"스스로 최선을 다했다면 우리가 모두 1등 아닐까요?"
"선생님한테 수업을 받는 것보다 동생들에게 가르친다는 생각으로 공부하다 보니 훨씬 더 내용을 잘 알게 되었어요."
"나도 나도 나도"

– 웅성웅성

3학년 아이들이 무척이나 좋아했다고 다음에는 다른 과목으로 부탁한다는 연락을 받았다. 아이들에게 내용을 전달하며 다음 주에 하는 역사 역할극도 3학년 아이들에게 보여주면 어떠냐고 물어봤더니 상당히 긍정적인 반응을 보여서 그러자고 했다. 3등까지만 주기로 했던 아이스크림은 당연히 고생한 우리 반 모두에게 돌아갔고 즐겁게 아이스크림을 먹으며 오늘 추억에 대해 즐거운 수다 타임을 가졌다. 고마웠다고 너희가 자랑스럽다고 말했다. 아이들은 삼삼오오 모여서 다음 주 역사 역할극을 준비했다. 명성황후 시해사건, 3.1운동, 안중근, 이봉창의 스토리가 어떤 작품으로 탄생할지 무척이나 궁금했다.

아, 오늘은 감동과 감동과 감동의 날이었다. 나는 아이들과 새로운 도전을 하며 서로 배우고 알려주며 함께 성장할 때 가장 행복하다고 느낀다. 우리 반 교실에만 갇혀 있는 외로운 교사가 아니라 다른 반 교실과의 콜라보에 가슴 떨리는 자유로운 교사라는 걸 느꼈다. 인생에도 정답이 없듯이, 교사도, 교육도, 교육과정도, 학교도, 교실도 정답은 없는듯하다. 도전하고, 시도하고, 부딪히고, 깨지고, 넘어지고, 훨훨 날아보자!

#2_ 동생들 앞에서 사회 역할극을 한다고요?

"제군들! 이제 이동하자!! 소품, 대본, 정신 챙기고 3학년 교실로 이동한다."

수갑, 망치, 활, 가발, 퍼코트, 태극기 깃발, 콧수염, 수류탄, 칼 등등 예상치도 못한 소품들이 등장해서 깜짝 놀랐다. 대본을 작성하고 배역을 나누고 동선을 정하고 왁자지껄 연습하는 모습을 보며 참 살아 있는 수업이라고 느꼈다. 실수하고 다투고 갈등이 생기고 삐치고 외면하고 조율하고… 참 우리네 삶과 똑같다는 것을 느꼈다.

학년 간 콜라보레이션. 틈틈이 다른 수업 시간에도 연습하고 주말에도 모이고 방과 후에도 모이고 학생들끼리 오래간만에 신났다. 어제는 리허설도 해봤다. 나는 언제나 그렇듯 간섭을 거의 안 한다. 누가 보면 퀄리티가 이게 뭐냐고 할지 모르지만, 그 과정이 참으로 소중하고 하나하나 아름답다고 생각한다.

2층으로 내려가는 계단, 여학생 한 명이 운다. 마지막으로 모여서 체크하고 연습하자고 했는데 남자아이들이 장난만 치고 있다는 것이었다. 바로 공연인데. 급하게 달래고 팀워크를 생각해서 잘 마무리하자고 다독였다. 그 팀은 첫 번째 공연이었는데 아이들에게 양해를 구하고 맨 마지막 순서로 바꿨다. 이런 감정으로 바로 공연을 해봤자 망칠 게 분명했기 때문이다. 자! 이제 공연 0.1초 전! 복도에서 모두 화이팅을 외치고 첫 번째 공연팀부터 앞으로 나가고 나머지 팀은 교실 창문 쪽에서 대기했다.

'잘한다! 녀석들 긴장하지도 않고 뻔뻔스럽게 잘한다. 무대체질이다. 담임 닮았다.'

공연을 마친 녀석들은 엄청 떨렸지만 재밌다고 난리다. 3학년 학생들은 의외로 엄청나게 집중하고 멋지게 감상해줘서 고마웠다. 서로 인사하고 단체로 기념사진도 찍고 나름 깔끔하게 마무리했다.

"너희 정말 멋졌어! 고마워. 사랑해."

초딩들이 하나로마트를 습격했다. 교실 밖에서 보니 애들 무리가 굉장히 두려고 무섭다. 이래서 초딩 군단이 무섭다고 하나보다 생각했다. 맘에 드는 아이스크림을 하나씩 골라서 맛있게 먹고 헤어졌다.

"선생님, 다음엔 뭐할까요? 언제 할까요?"
"음… 1, 2, 4, 5학년에 다 들어가 볼까?"

가르치면서 배운다.
배우면서 가르친다.
나도 그렇다.
너도 그렇다.
그렇게 우리는 오늘도 한 뼘 더
성장한다.

선생님! 오늘 하루 어떠셨어요?

내 맘대로 하교 인사

학생마다 다르게 인사를 하시는 선생님 영상을 본 적이 있다. 30명 가까이 되는 학생이 한 줄로 자기 차례를 기다리고 있고 담임교사로 보이는 선생님은 학생이 정한 인사법을 외워서 함께 행동했다. 충격이었다. 학생 한 명, 한 명의 개성을 존중해주며 몸으로 소통하는 모습이 정말 보기 좋았다. 한 편으로는 '나는 각기 다른 아이들 인사법을 기억 못 할 것 같아. 나는 못해!' 라는 생각도 들었다.

그런데 학생 상황에서 생각해보면 무척 재밌고 의미가 있는 활동이라고 생각했다. 그래서 나도 쉽게 하는 방법을 찾아봤다. 역시 생각을 바꾸면 행동도 따라오는 법일까? 하고 싶다고 생각하니 할 방법들이 조금씩 떠올랐다.

'30가지가 아니라 5가지면 어떨까? 학생에게 선택권을 주자. 5가지 유형 중에서 마음에 드는 인사법을 선택하게 하고 나는 그 학생이 선택한 인사법으로 함께 하는 거지!'

손바닥으로 하는 하이파이브, 주먹을 부딪치는 하이파이브, 춤추기, 안아주기, 악수하기 이렇게 5가지 그림을 인디 스쿨에서 찾았다. 그림을 자르고 코팅하고 교실 앞에다가 그걸 붙였다. 다른 선생님은 웃으시겠지만, 나로서는 엄청난 교구를 직접 만든 셈이다. 당장 내일부터 하고 싶다는 욕구가 불타올랐다.

"자, 오늘부터는 하교 인사를 색다르게 해보겠습니다. 바로 '내 맘대로 하교 인사'를 할거에요. 한 명씩 차례로 선생님한테 와서 원하는 인사를 선택하고 몸으로 표현하면 됩니다. 어때요? 신나죠?"

학생들이 쪼르르 앞으로 나왔다. 에너지가 넘치는 소수의 학생은 춤추기를 선택했다. 학생이 원하는 춤을 추면 교사인 나는 그것을 따라 했다. 짧은 순간이지만 둘이 엄청 웃었다. 웃으면서 하교를 시키니까 나도 좋았다. 대부분의 학생은 하이파이브를 선택했다. 손바닥도 아니고 주먹으로. 그렇게 모든 학생과 일대일로 하교 인사를 하니 신선했다. 학생마다 왜 그런 인사법을 선택했을까 궁금하기도 했다. 그

선생님! 오늘 하루 어떠셨어요?

래서 아이들을 더 관찰하게 되었다. 덕분에 더 이해하게 되었다.

학생들과 교실에서 바쁘게 지내다 보면 가끔 이름 한 번 못 불러주거나 목소리 한 번 못 듣게 되는 경우도 있다. 그런데 이렇게 하교 인사를 하면 반드시 한 번은 학생 한 명에게 온전히 집중하게 된다. 그리고 그 시간만큼은 모든 학생이 주인공이 된다. 학교에서 좋은 일이 있을 수도 있지만 힘든 일이 있을 수도 있다. 즐거운 '내 맘대로 하교 인사'를 하며 웃으며 하교했으면 좋겠다.

나 지금 떨고 있니?

"선생님이 재밌으셔서 오늘 꼭 오신대요."

학부모 공개 수업 신청서를 걷었다. 10부다. 우리 반 학생이 20명이니 절반이 오신다. 놀랐다. 저학년은 관심이 많아서 많이 참석하시는 경향이 있지만, 학년이 올라갈수록 참여도가 낮기 때문이다. 우리 반학급 BAND에 일주일에 한 번 교실 이야기를 전한다. 글도 쓰고 사진과 영상을 올린다. 학부모님들은 학급 소식을 보며 자녀의 학교생활이 더 궁금해졌을 것이다. 직접 눈으로 보는 게 가장 정확하니까 말이다.

"부장님 오늘 수업 흐름 어떻게 진행하세요?"

오늘 학부모 공개 수업은 공동수업안으로 진행된다. 모든 반이 과목도, 단원도, 학습 목표도 같다. 물론 실제 운영은 조금 달라질 수 있다. 학급의 분위기와 성향에 맞춰 진행되기 때문이다. 부장님의 이야기를 들으며 좋은 방법을 쏙쏙 내 것으로 만든다. 나도 이야기를 한다. 역시 대화를 하다 보니 내 생각이 정리된다. 매번 귀찮게 여쭤보는데도 모든 걸 나눠주시는 송혜진 부장 선생님이 참 고맙다.

선생님! 오늘 하루 어떠셨어요?

교실로 돌아와 수업 준비 마무리를 한다. 복유선 선생님이 만들어 주신 수업 PPT로 큰 얼개를 만들고 진승지 선생님이 제작하신 학습자 료와 활동지로 준비를 끝낸다. 어벤저스 부럽지 않은 동료 선생님 덕분에 항상 든든하다.

"선생님! 평소와 같은 모습으로 수업하신다고 했으니까 책상 위도 청소하지 마세요!"

헉, 큰일이다. 학부모 공개 수업 준비에서 가장 중요한 게 청소다. 아이들에게 평소 너무 더러운 모습을 보여줘 민망했다. 너희들도 책상과 사물함 청소를 했으니 나도 해야겠다고 말하며 후다닥 청소를 시작한다. 수업 공개 10분 전, 쉬는 시간 아이들은 평소와 똑같다. 교실 뒤편에서 햄버거(차곡차곡 몸을 겹치며 쌓는 놀이)를 하고 있고 교실 가운데 무대에서는 서로 치고받고 노는 중이다. '나만 긴장한 건가.' 괜히 머쓱하다. 시선은 복도에 고정하고 우리 반 학부모님들을 만나면 반갑게 미소 지으려 준비한다. 수업 공개 3분 전, 아이들을 자리에 앉히고 수업 준비를 부탁한다. 복도에는 몇 분의 학부모님들이 등록부에 서명하고 계신다. 우리 반 교실을 보고 계시지만 먼저 들어 오시기 부담스러우신가 보다. 나는 아이들에게 입장하시는 학부모님들에게 큰 박수를 보내자고 제안한다.

"바쁘신 와중에도 우리 반 교실을 방문해주신 부모님들에게 감사함을 전합니다. 우리는 오늘 학부모 공개 수업이라고 특별히 다른 준비를 하지 않았습니다. 평소와 똑같은(?) 수업을 진행한답니다."

거짓이다. 아이들과 3일 동안 준비하며 멋진 수업이 되기 위해 노력했다. 평소와는(?) 다르게 더 집중하고 적극적인 모습을 보여주길 두 손 모아 마음속으로 강력하게 기도했다. 내 자녀가 수업 시간에 집중을 잘할까? 내 자녀가 적극적으로 발표를 잘할까? 내 자녀가 다른 친구들과 소통을 잘하며 잘 지낼까? 오늘 학부모님의 관심사는 무엇보다 자녀의 학습 태도가 아닐까? 그래서 교사의 수업 개입은 최소한으로 줄이고 학생들의 활동시간을 늘렸다. 또 모둠별 가르치고 배우는 모습, 개별 발표 시간을 확보해서 자녀의 모습을 최대한 다양하게 관찰할 수 있도록 계획했다. 아이들은 미리 정한 삼국시대 문화재 큐레이터가 되어 다른 친구들에게 정성껏 소개하고 경청했다. 부모님들은 그 모습을 사진으로 영상으로 남기시며 매우 흥미로워하셨다.

"자, 이렇게 모든 수업이 끝났습니다. 오늘 함께 해주신 부모님들을 바라보며 인사를 하고 마칩니다. '사랑합니다!' 어때요?"
"선생님, 우리 부모님은 안 오셨는데 누구한테 인사해요?"

아차! 싶었다. 그래도 와주신 학부모님에게 대표로 인사한다고 얼버무렸다. 참석하신 학부모님도 있지만 참석하지 못하신 학부모님도 있는데 그걸 생각 못 했다. 수업이 끝나고 자녀 관찰 기록지를 살펴본다.

다행히 나의 좋은 면을 봐주시고 칭찬을 많이 해주셨다. 그리고 자녀에게 열심히 노력하는 모습이 사랑스러웠다고 적어주셨다. 역시 표현을 해야 한다. 진심 어린 칭찬은 계속 들어도 질리지 않고 기분 좋은 법이다. 긴장이 풀리니 머리가 띵하다. 추석부터 시작된 목감기로 목소리가 잘 나오지 않았고 학교를 옮기고 나서 하는 첫 학부모 공개 수업이라 매우 힘든 시간이었다. 그래도 만족스러운 수업을 해서 다행이라고 생각했다. 급식으로 나온 찹쌀 탕수육을 하나 집어 입어 넣었다. 역시 먹어야 힘을 낸다!

"선생님, 5교시 뭐에요? 그냥 5교시도 역사 배우면 안 될까요?"

왜냐고 물으니 오늘 역사 수업이 참 재밌었단다. 기분이 좋으면서도 한편으로는 미안했다. 평소에도 이렇게 열심히 수업을 준비해야 하는데 그러질 못해서 반성이 되었다.

문득 학부모님께서 작성해주신 한 문장이 떠올랐다. '한결같으시네요. 지금처럼만 부탁드립니다.' 나같이 부족한 교사를 이렇게 믿어주시고 응원해주시는데 내가 더 노력해야겠다고 다짐한다.

기적을 만드는 아이들

"드디어, 오늘이다!!"

5~6학년 댄스부 동아리 학생들과 첫 만남 이후 3개월 동안 춤 연습을 하며 즐겁게 지냈다. 팀별로 정한 노래 안무 연습을 보며 정말 열심히 준비했다. 바로 댄스부 동아리 게릴라 콘서트를 위해서다. 후다닥 점심을 먹고 강당으로 뛰어간다. 먼저 온 3~4학년 댄스부 담당 이소니 선생님이 미리 준비하고 계신다. 음원 준비부터 공연 순서까지 그리고 센스 있게 콘서트 홍보지도 훌륭하게 만들어주신 능력자 선생님이시다. 나는 몸으로 때우기(?) 위해 공연 팀을 자리에 앉히고 MC와 방송실에서 준비하고 있는 우리 반 학생들에게 갔다.

"떨지 않고 잘할 수 있지?"
"으 선생님! 제 심장이 엄청나게 빨리 뛰어욧!!"
"하하! 노래 바꿔 틀고 음향사고 나면 큰일 난다?"
"넵."

우리 반 아이들 4명이 MC를 보기로 했는데 콘서트가 화요일, 목요일에 두 번 진행되니 두 명씩 번갈아 MC와 음향을 지원하기로 했다. MC를 따로 선발할까 고민도 했지만, 워낙 하고 싶어 하는 학생들이 많아 고민 끝에 모두에게 기회를 제공했다. 쉽게 오지 않는 기회이기 때문에 잘하든지 못하든지 다양한 경험을 제공하는 것이 최고의 교육이라고 생각했기 때문이다.

"와아아아아"

공연을 보고 싶은 아이들이 입장한다. 체육관 문밖에서 힐끔힐끔 안을 쳐다보며 오매불망 공연 입장을 기다린 아이들이다. 지축을 흔드는 무쇠 다리 뜀박질 소리와 우레와 같은 함성으로 가득 찬 체육관이 마치 진짜 콘서트장에 온 듯한 착각을 들게 한다. 아이들은 먼저 온 순서대로 앞자리부터 자리를 채우고 자기가 준비한 플래카드도 들고 자기 친구 이름을 연신 호명한다.

"자 모두!! 떨지 말고 즐기자. 파이팅!"

공연 시작 1분 전, 그동안 고생해준 댄스부 아이들을 응원한다. 매끄러운 MC의 진행과 역동적인 아이들 공연을 보니 가슴이 뛴다. 카메라만 있었으면 진짜 음악 방송 녹화장이다. 자신이 좋아하는 것을 즐기면서 표현하고 힘차게 응원하며 격려하는 우리 모두가 참 멋지다.

"준비는 잘 된 거지? 선생님 올라갈까? 올라가지 말까?"

5~6학년 댄스부에는 유일한 남자팀이 있다. 댄스부는 대부분 여학생이다. 여학생들의 현란한 춤사위에 주눅 든 남학생 팀은 출발부터 난항이었다. 곡도 계속 바뀌어 연습 시간이 부족해 가장 걱정이 되는 팀이었다. 댄스부 유일한(?) 남자 선생님으로서 이들을 도와주고 싶은 마음도 있었다. 그래서 전에 농담으로 "선생님이 깜짝 출연해줄까?"라고 물었더니 꼭 해달라고 말했던 녀석들. 엄청나게 긴장한 것 같아서 무대 오르기 전에 긴장감을 풀어주려고 물어봤더니 꼭 올라와 달란다. 지금까지 무대에 올라간다는 생각은 안 해봤는데 아이들이 원한다면, 올라가서 한번 해보지 뭐!

드디어 남자팀의 공연이 시작되고 나는 대기실에 올라가서 바로 옆에서 무대를 바라보았다. 언제 들어갈지 고민하고 있는데 맞은편 방송실에서 나를 보고 깜짝 놀란 우리 반 녀석들.

"(입 모양)선·생·님·나·가·요?"
(씨익 웃으며) *끄덕끄덕*
"꺄~~~"

모두 깜짝 놀랐다. 공연을 보던 아이들, 선생님들, 학부모님들 전부 빵 터졌다. 작전 성공. 덕분에 엄청난 주의를 끌며 남자팀도 흥행 성공

(나만의 착각일지도)! 짧은 무대를 마치고 내려오면서 유재석 님의 댄스 본능을 이해할 수 있었다. 나도 춤이 좋다. 무대에 올라가서 다른 사람들에게 웃음을 주고 박수를 받을 때는 참 짜릿한 느낌이다. 유재석 님이 박진영 님 같은 분을 만나서 원 없이 댄스를 췄던 것처럼 나도 그런 기회가 있으면 참 좋겠다. 몸으로 자신을 표현하는 일은 정말 멋진 일이다.

"너희 진짜 멋졌어. 그리고 고생 많았어! 댄스부도, MC도, 음향 지원도 완벽했어."

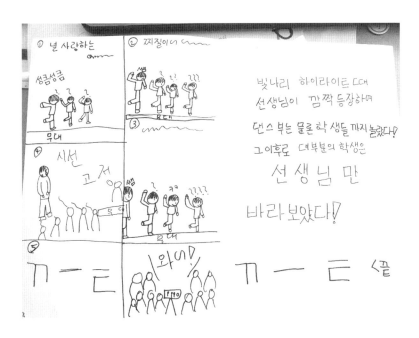

공연이 끝나니 관람했던 아이들이 썰물처럼 금방 빠졌다. 금세 무대는 텅 비었다. 보이지 않는 구석진 곳에서 음향 지원을 했던 친구들이 이제야 무대로 뛰어간다. 그리고 MC 연습을 시작한다. 무대에 오른 댄서나 MC도 멋지지만, 눈에 보이지 않는 곳에서 무대를 완벽하게 이끌어 준 음향 지원팀이 특히 고마웠다. 목요일에는 화려한 입담으로 모든 이들의 주목을 받는 MC로 데뷔 성공했다.

"배움이란 뭘까?"

일단 아이들에게 물어야 한다. 아이들이 무슨 생각을 하고 원하는 것이 무엇인지 알아야 한다. 그리고 최대한 할 수 있도록 지원해야 한다. 아이들은 전혀 무기력하지 않다. 아니 오히려 하고 싶은 것투성이다. 그리고 무엇이든지 하고 싶으면 몸을 움직여야 한다. 공상으로 끝나지 않게 많은 기회를 제공해야 한다. 그러면 기적이 일어난다.

우리 지금 만나

학생들이 만들어가는 진로 부스 체험을 위해 6학년 전체가 모이는 '다모임'을 개최했다. 나중에 없어질지도 모르는 직업을 선택하는 게 아니라, 현재 내가 좋아하고 잘하는 활동을 찾고 이를 다른 사람에게 알려주는 행사를 진행하고 싶었다. 추진하다 보니 세부적인 내용에서 협의가 필요했다. 다모임을 넓은 강당에서 해야 하나 좁은 음악실에서 해야 하나 고민하다가 결국 음악실로 갔다. 앞에 서서 화이트 보드판에 '진로드림주간 부스 운영'을 적었다. 그리고 아이들을 봤다.

"너희들이 보면 선생님이 대단해 보일지도 모르지만, 우리도 똑같이 실수하고 고민이 많아. 특히 이번 진로 부스 운영에 대해 걱정이 있는데 한 번 들어볼래?"
"네."

몇몇 아이들의 눈빛이 집중으로 바뀐다. 그러나 몇몇 아이들은 상관없이 장난치고 떠든다. 좁은 곳에 엉덩이 깔고 앉으면 앞 친구 어깨도 건들고 싶고, 옆 친구 다리도 툭툭 치고 싶은 게 인지상정. 선생님들이라면 다들 어떤 상황인지 짐작이 갈 것이다. 그래도 소리치지 않고 말을 이어간다. 아이들이 경험하게 될 소중한 배움의 기회를 방해하고 싶지 않다.

"여러분이 작년에도 체험부스를 해봤기 때문에 어떻게 진행되는지는 잘 알 거야. 그런데 아무것도 하고 싶지 않은 아이들이 좀 있었어. 그 아이들도 즐겁게 함께 참여시키고 싶은데 고민이 들어. 그래서 반별로 4개 정도씩 부스를 정해서 담임선생님 지도 아래 전부 참여하는 게 어떤가 하고. 또는 작년처럼 자유롭게 하고 싶은 사람끼리 참여하는 방법도 있어. 어떻게 생각하니?"

"자유롭게 하는 게 좋은 것 같아요. 초등학교의 마지막 추억을 우리 스스로 만들고 싶어요~"

대부분이 '자유'를 원했다. 오케이! 진정한 자유는 책임을 동반한다고 덧붙여 말했다.

"전체조사가 필요할 것 같아요. 동생들 체험을 시켜주는 거니깐 동생들이 좋아하는 것과 우리가 좋아하는 것을 비교해보고 고르면 더 좋을 것 같아요."

"그리고 운영 계획서를 꼼꼼히 적어야 할 것 같아요. 물품, 수량, 장소부터 예산까지 그리고 왜 하는지 무슨 목적인지도 중요하고요. 다 끝나고 다시 모여서 스스로 평가해보는 것도 좋을 것 같아요."

선생님! 오늘 하루 어떠셨어요?

진짜 매번 느끼는 거지만 아이들이 나보다 낫다. 그리고 혼자 고민하는 것보다 함께 하는 게 훨씬 낫다. 경청하는 마음가짐과 겸손한 귀만 가지고 있다면 누구나 현명해질 수 있을 것만 같다. 그다음은 장소다.

"대학교 축제처럼 운동장에서 하는 게 어때요? 가수도 부르고요. 엄청난 규모로 하는 거예요. 동생들한테 체험시켜주는 게 끝나면 우리끼리 파티를 하는 거죠!"

뒤에 앉아 계신 동 학년 선생님들 표정이 똑같다. 물론 나도 당황했지만 모든 의견을 일단 소중히 적는다.

"작년에 강당에서 했을 때 그 많던 쓰레기 누가 치웠을까? 그런데 운동장에서 한다고? 그리고 비가 오거나 미세먼지, 황사가 덮치면 어떻게 하지? 대안이 없다면 강당에서 하는 게 어떨까?"

분명 처음에는 모두 운동장이었는데 30분 동안 이야기를 나누다 보니 전부 강당이다. 아무리 교사의 의견이라도 학생들을 설득하지 못하면 안 된다.

"나는 학교의 주인은 여러분이라고 생각한다. 여러분이 민주정치에서 배웠듯이 국가의 모든 권력은 국민으로부터 나오는 것처럼 학교에서는 학생이 권력을 갖고 자기 생각을 말하고 주장해야 한다. 교사-학생 관계를 떠나서 모든 의견은 동등하니깐 말이다."

선생님의 의견도 들었다.

"단순한 흥미 위주, 인기 위주로 가지 않았으면 좋겠어요. 직업과의 연관성을 가지면 진로교육에 부합하지 않을까요?"

바로 학생 반박.

"왜 단순하게 흥미만을 원한다고 생각하시는 걸까요? 우리가 하는 모든 경험이 배움이라고 생각합니다."

'그래 이거야! 뭔가 결정짓지 않아도 결과물이 나오지 않아도 이렇게 서로의 생각을 확인하고 교환하는 과정이 참 좋다.'

평소 다모임을 많이 하고 싶었는데 바쁘다는 핑계로 생각보다 못했다. 함께 이야기를 나누며 학생들의 생각, 선생님들의 생각을 알게 되어 속 시원하다. 오늘 진행을 하면서 많은 걸 배운다.

'우리 지금 만나~ 당장 만나~'

두려움을
용기로 바꾸려면

오늘은 2·3·4교시 쭉~아이들과 영화 〈명량〉을 봤다. 어제까지 임진왜란을 배웠고 오늘 영화를 보니 집중도가 최고였다. 수업 중에 말해줬던 내용이 진짜로 나올 때마다 나를 쳐다보며 씨익 웃는 녀석들도 있었다. 이 영화는 수많은 명대사가 있다.

"신에게는 아직 12척의 배가 있나이다."
"살고자 하면 죽을 것이요 죽고자 하면 살 것이다."
"나의 죽음을 적에게 알리지 말아라."
'이건 아니거든? 노량이거든? 그랬더니 자기가 〈노량〉 영화를 찍겠다는 녀석.'

다시 영화를 보면서 나와 아이들을 사로잡은 대사는 바로 요것.

"두려움을 용기로 바꿀 수만 있다면 그건 백 배, 천 배의 힘을 낼 수 있을 것이다."

이 세상에 두려움이 없는 사람이 있을까? 종류는 다르지만, 누구나

선생님! 오늘 하루 어떠셨어요?

두려움이 있을 것이다. 두려움을 용기로 바꾼다는 말이 참 인상적이었다. 이 말을 오늘 많이 써먹어야겠다고 다짐한다.

'가만 보자. 난 무슨 두려움이 있을까? 공문 작성의 두려움? 문서 작업의 두려움? 다가오는 미술 시간에 대한 두려움? 내가 쓰는 교단일기에 좋아요와 댓글이 달리지 않으면 어쩌지 하는 두려움?'

영화가 끝나고 급식을 먹으면서도 아이들은 온통 '명량' 이야기다. 백의종군하던 이순신 장군의 전략, 용기, 배포, 너그러움에 관한 놀라움. 칼로 머리를 베고 배를 찌르는 전쟁의 참혹성 등 다양한 이야기를 나누고 있는데 누군가 저 멀리서 나를 부른다.

"선생님, 도저히 건더기 못 먹겠어요."

오늘은 잔반 없는 날, 수다날이다(수요일은 다 먹는 날)!

"축구보이야. 넌 지금 건더기에 두려움이 있어. 그 두려움을 용기로 바꾸려면…"

아이들이 빵 터졌다. 여기저기 키득대는 소리가 들렸다.

"그 건더기가 330개 이상이냐? 아직 너에게는 숟가락과 젓가락이 있다. 우리는 할 수 있다."

나는 아이들을 웃길 때가 참 좋다. 수업이 잘 운영돼도 기쁘지만, 사실 아이들에게 웃음을 선사할 때가 훨씬 더 좋다. 웃기는 방법은 매우 간단하다.

1. 아이들을 관찰한다.

2. 아이들이 좋아하는 말과 행동을 찾는다.

3. 아이들과 대화할 때 2번 내용을 활용한다.

두려움을 용기로 바꾸려면 나는 무엇보다 '유머'가 있어야 한다고 생각한다. 학생들이 겪는 모든 두려움을 웃음과 재치로 바꿔 줄 수 있는 선생님의 '유머' 말이다. 생각보다 어렵지 않고 도전하면 할 수 있다는 용기를 가진 아이들로 자라나게 하는 선생님의 '유머' 말이다.

근데 유머를 글로 적으려니 참 어렵다. 나와 생활하는 아이들은 나 때문에 매시간 웃음이 넘치는데 보여드릴 수 없으니 안타깝다. 다음에 책을 또 낸다면 '교사의 유머'를 만들어봐야겠다.

아이들을
매일 웃기는 방법

"선생… 님…. 저기… 풉!"
"응? 왜?"
"바지가 터졌어요!"
"헉!"

독서부 아이들과 도서관에서
책을 읽었다. 눈 부신 햇살을 배
경 삼아 뚱폼 잡고 사진도 찍었
다. 여유롭게 아이들이 무슨 책
을 읽는지, 내 마음을 흔든 문장
이 무엇인지 한 명씩 확인하며 대
화를 하고 있었다. 6학년 여학생
두 명과 즐겁게 이야기하는 중이
었다. 몸을 앞으로 숙이고 뻗었는
데 베이지색 바지에 파란색 팬티
가 보였던 것이다!

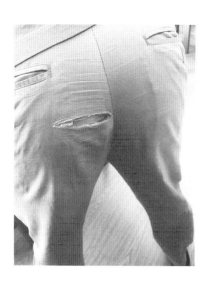

선생님! 오늘 하루 어떠셨어요?

아이들은 금세 내 엉덩이를 포위했다. 당황하지 않고 사진을 찍어달라고 했다. 너도 웃고 나도 웃고 즐거운 시간이었다.

"그런데 방귀를 뀌면 세로로 터질 텐데… 왜 엉덩이 윗부분에 가로일까…?"

점심시간에 밥친구와 식사를 하면서도 개그본능은 이어진다. 요새는 밥친구가 원하는 노래를 틀어준다. 오늘은 레드벨벳 노래를 4개나 들었다.

"우와 노래 좋네! 바나나~ 바나나 송이야?"
"아, 반하나 거든요?"

일동 빵 터짐.

"선생님, 아이린이 진짜 예뻐요! 누군지 아세요?"
"응? 아이린은 시크릿쥬쥬인데?"
"아…."
"선생님이 아무리 딸한테 잘해도 5학년 되면 아이돌한테 갈 걸요?"
"그래? 7년 정도 남았구나."

가끔 교사가 못 알아듣는 척, 허당인 척, 실수 연발을 하면 웃음을 유발하기 좋은 것 같다. (나는 척이 아니라 진짜 못 알아듣고, 허당이며 항상 실수 연발이지만) 웃는 만큼 아이들과의 거리는 가까워지며 학생과 교사의 정서적 교감이 깊어진다. 그래야 속 이야기도 자연스럽게 하면서 마음속 깊이 동기유발을 할 수 있다.

우리 반 평가시간

학교는 학기 말에는 성적 처리로 분주하다. 아니 눈코 뜰 새 없이 바쁘다. 정신없는 하루를 보내고 있던 어느 날, 나에게 큰 울림이 주었던 학생의 한 마디가 계속 머릿속을 맴돈다.

"5년 만에 이렇게 점수가 높았던 적은 처음이야. 야~호!!!"
"아! 진짜 이게 제 점수에요? 앗싸! 신난다."

수학평가가 끝났다. 성적을 받고 좋아하는 학생들의 결과는 D. 가장 높은 점수가 A이고 가장 낮은 점수가 E니까 D면 굉장히 낮은 점수라고 할 수 있다. 그런데 학생들은 왜 이렇게 좋아하는 것일까? 우리 반 평가 중에 대체 무슨 일이 있었던 것일까?

"선생님! 저 다시 도전할래요. 시험지 다시 주세요!"

정답은 재도전 덕분이다. 우리 학교는 평가마다 3차까지 도전기회를 제공하고 있어서 자신의 실수를 깨닫거나 시험 내용의 핵심 개념을 다시 배워서 누구든지 재도전에 응할 수 있다. 이 학생도 간단한 실수를 수정해서 2차 도전에는 C, 교과서를 다시 공부하여 3차 도전에는 B를 획득했다. 게임의 레벨이 올라가는 것처럼 학생은 엄청나게 기뻐했다. 학생은 점수도 올라가고 자신감도 올라갔다. 나의 실력은 고정된 것이 아니라 노력 여하에 따라 상승할 수 있다는 성취감도 배운 것이다.

'공부란 무엇이고, 평가는 어떻게 해야 할까?'

평가의 목적은 피드백이다. 결과를 확인하는 것이 기본 목적이지만 거기서 끝나면 안 된다. 결과를 토대로 학생별로 피드백을 제공해야 한다. 결국, 평가는 학생 스스로 무엇을 알고 무엇을 모르는지를 아는 것으로 새롭게 시작된다. 또한, 언제든지 도전할 기회를 제공하고 교사와의 개별 피드백 과정을 거쳐 정확히 알고 넘어가는 것이 가장 중요하다.

"선생님. 시험 보는 대형으로 바꿀까요?"
"아니. 우리 공부했던 자리, 그대로 시험 봅시다."

보통 시험대형이라고 하면 한 명씩 떨어져 개별 시험을 준비하는 교실을 상상한다. 평소에는 짝과 함께 또는 모둠별로 협동하다가 평가만 하면 개별 시험대형으로 바꾸는 게 과연 맞는가 하는 의문이 들었다. 평가가 개인별로 이루어진다고 해도 지금 앉아 있는 자리에서 시험을 보기로 했다. 평가는 남과의 비교가 아니고 자신과의 싸움이기 때문이다.

"선생님 옆 사람 꺼 보면 어떻게 해요?"

"물론 그럴 수도 있겠지. 굉장한 유혹이 들 거야. 하지만 선생님은 여러분을 믿는다. 자신의 양심을 속이면서까지 점수를 획득하고 싶은 건 잘못된 거야. 명예시험이라는 게 있어. 시험 감독을 하는 사람 없이 학생들만 시험을 보는 거지."

평가의 내용도 중요하지만, 평가를 보는 방법도 중요한 것 같다. 때로는 오픈북, 때로는 짝과 함께 협동해서 해결하는 것도 필요하다. 다양한 방법을 고민하고 실천하는 이유는 학생이 가진 잠재력을 이끄는 데 큰 도움이 되기 때문이다.

"훌륭한 사람의 기준이 명확하지 않다. 그러니 공부 잘하는 사람도 훌륭하고 성격이 좋은 사람도 훌륭하다. 나는 훌륭한 사람의 조건은 없다고 생각한다. 우리는 태어난 것만으로도 훌륭한 사람이다."

"수업 시간에는 떠들거나 돌아다니지 않아야 한다. 왜냐하면, 선생님도 교권이 있으므로 선생님의 인권도 침해되지 않아야 한다고 생각하기 때문이다."

학생이 쓴 답을 채점하다 보면 경이로움을 느낄 때가 많다. 우문현답이랄까? 교사는 어리석은 문제를 만드는 것 같고 학생은 자신만의 반짝이는 생각으로 현명한 답을 말하는 것 같다. 첫 번째 답은 '국어 시간 함께 읽은 책의 내용을 토대로 자신이 생각한 훌륭한 사람의 조건'에 대해 논술한 것이다. 단순한 조건을 뛰어넘는 훌륭함의 개인적 해석이 놀라웠다. 두 번째 답은 '사회 시간 세계인권선언을 배우고 이를 토대로 우리 반의 인권선언문'을 작성한 내용 중 일부다. 인권은 학생뿐만 아니라 교사도 존중받아야 한다는 속 깊은 내용에 감동하였다.

4차 혁명 시대는 창의성의 시대라고 해도 과언이 아니다. 또한, 다양한 개성을 존중하고 개별학생의 특성을 존중하는 사회이기도 하다. 아이들은 분명 저마다의 속도로 자라고 있다. 그래서 평가는 측정된 점수의 제공에서 그치지 않고 학생의 삶의 성장에 도움을 주어야 한다. 학생의 발전 과정을 관찰하고 피드백하며 모든 학생이 자신만의 성장을 할 수 있도록 해야 한다. 이 과정은 교사가 학생의 평소 생각을 파악하는 데 도움이 되며 더 나은 수업과 학급경영에 대한 가장 중요한 단서를 제공한다. 평가를 보기 전에 항상 아이들에게 묻는다.

"자! 평가는 왜 본다고?"

"내가 알고 있는 내용을 확인하고, 실수한 부분은 고치고 모르는 부분은 확실히 알 수 있게 하려고요. 그리고 남과 비교하는 것이 아니라 어제의 나보다 더욱 성장하기 위해서요."

아직도 시험을 본다고 하면 아이들은 부담스럽고 힘들어한다. 하지만 결과보다 과정에 집중한다면 학생들은 용기를 갖고 도전할 것이다. 나도 할 수 있다는 긍정의 힘! 나도 노력하면 된다는 희망이 우리 반에 가득 찼으면 좋겠다.

대통령님께 편지를 쓰자고?

"대통령님이 우리 반 신문 기사를 보시고 선생님한테 연락을 했어요. 그리고 리무진 버스를 보내주셔서 우리 반은 설레는 마음으로 청와대 초청행사에 참석하죠. 사인도 받고 같이 사진도 찍어요. 대통령님에게 업어 달라고 했는데 웃는 얼굴로 저의 부탁을 들어주셨죠. 용돈도 주시고 개인 전화번호도 알려주셨어요. 마지막엔 기념품도 받아서 기분이 좋았죠. 마지막으로 SNS에 올려서 다른 친구들에게 자랑했어요."

우리 반 아이들의 상상 의견을 하나로 모아서 이야기를 만들어봤다. 왜 우리 반은 이런 상상을 하게 되었을까? 지난 6·25 이산가족의 아픔을 주제로 진행되었던 계기 교육 시간. 참쌤스쿨의 '살아있어 줘서 고마워요.' 영상을 봤다. 10일이면 돌아온다던 남편이 65년 만에 돌아온 실제로 있었던 가슴 아픈 이산가족 상봉 이야기였다. '이산가족'이라는 단어도 생소한 아이들은 무슨 상황인지 잘 이해를 하지 못했다. 왜 가족이 헤어져 살아야 하는 거지?

"선생님도 이산가족이야. 선생님의 외할아버지와 외할머니는 6·25

전쟁이 일어나고 북한에서 피난 오신 분들이야. 눈앞에는 시체로 된 산과 피로 물든 강이 보였고 살기 위해서 남쪽으로 걷고 또 걸어 땅끝 김해까지 오시게 되었는데 그 과정에서 두 분이 헤어지게 되셨고 나중에 수원까지 올라오신 외할아버지가 우연히 외할머니를 만나게 되어 우리 어머니가 태어나셨고 덕분에 선생님도 이 자리에 서 있을 수 있게 되었지. 어때 신기하지?"

아이들은 굉장히 놀란 눈치다. '남북 이산가족 찾기 이산가족정보통합시스템' 2019년 5월 자료를 보면 총 13만3305분의 이산가족신청자 중에 생존자는 5만4634명이다. 속절없이 흐르는 세월 속에 헤어진 가족의 얼굴을 보지 못하고 돌아가시는 분들이 점점 늘어나고 있다. 아이들은 가족이라면 당연히 같이 살아야 한다고 생각했는데, 전쟁이라는 사건에 휘말려 원하지도 않은 생이별을 당해야 한다는 사실을 매우 슬퍼했다. 내가 영상에 등장하는 주인공이라면 어떤 느낌일지 내가 이산가족이라면 어떤 마음일지 이야기하는 중, 여학생 한 명이 손을 들었다.

"선생님 우리가 손편지를 써서 대통령님에게 보내는 건 어떨까요? 이렇게 고통받고 계시는 이산가족이 더 슬퍼할 일이 없도록 말이죠. 우리들의 손편지를 보시고 빨리 해결해주시지 않을까요?"
"아주 좋은 생각이다! 우리가 느끼고 배운 것을 실천해보자. 도전해보자!"

하지만 내가 아무리 좋다고 생각해도 아이들의 의견이 우선이다. 나머지 아이들에게 어떻게 생각하냐고 물었더니 대부분은 편지 쓰기에 동참하고 싶다고 말했다. 하지만 원하지 않는 학생도 있어서 강요하지 않고 배움 공책에 느낀 점을 쓰도록 했다. 이렇게 13명의 학생이 편지 쓰기 시작했고 7명의 학생은 자신만의 글쓰기를 시작했다. 방식은 다르지만 원하는 건 같았다. 더 이상 이산가족이 고통받지 않고 부모님과 형제자매와 함께 얼굴을 마주하고 남은 삶을 살아가는 것.

점심시간, 나도 손편지를 쓰기 시작했다. 아이들이 선생님도 쓰는 것이 어떠냐고 물었기 때문이다. 내 자리에 앉아 펜을 들었다. 이 편지를 진짜 보실지는 모르겠지만, 정성 들여 한 자 한 자 적어 나갔다. 내 편지를 완성하고 아이들의 편지와 함께 동봉할 학교 봉투를 찾으러 교무실에 갔다.

"학교 봉투 어디에 있죠?"

교무실에 있던 교감 선생님과 실무사님이 웃으며 나를 쳐다보셨다. 오늘 우리 반에서 있었던 상황을 말씀드리고 아이들과 내가 적은 편지를 보여드리며 대통령님께 편지를 보내고 싶다고 말했다. 약간 놀라신 눈치셨지만, 훌륭한 도전이라고 적극적으로 응원해주셨다. 쇠뿔도 단김에 빼랬다고 퇴근길 우체국에 들러 '일일 특급'으로 배송을 신청했다. 3,000원도 안 되는 돈으로 대통령님께 내 의견을 전달할 수 있다는 게 신기했다. 그리고 페이스북으로 이 사연을 올렸더니 오마이뉴스 이선배 시민기자님이 인터뷰를 요청해주셨다.

"아이들과 의미 있는 수업 활동을 일반 시민들에게 알리고 싶습니다."

이틀 뒤, 정말 오마이뉴스에 정식기사로 등록되었다는 소식을 들었다. 다음 날 아침 아이들에게 놀라운 소식을 전하고 뉴스 기사를 읽어보았다. 아이들은 흥분한 상태에서 믿어지지 않는다고 연신 혼잣말을 계속했다. 자연스레 뒤에 벌어질 일에 관해 이야기가 나왔고 그런 김에 상상하여 글쓰기 활동을 했다.

청와대에서 초청하고 교통수단을 보내주지만, 우리는 다 거절하고 학교에 모여 다 같이 청와대까지 걸어갑니다. 청와대에서 간단히 점심을 먹고 환영 행사를 보내고요. 한 손은 대통령님과 나머지 한 손은 이산가족과 손잡고 판문점에 갑니다. 그곳에는 북쪽 이산가족이 우리를 기다리고 있습니다. 그곳에서 우리는 하나가 되어 즐겁고 평화로운 시간을 보내게 됩니다. 제가 원하는 미래 모습입니다.

수많은 상상 의견 중에 가슴을 울린 대답 하나. 대통령에게 편지를 쓰자고 제안한 여학생이다. 상상도 이렇게 올곧고 멋지다니! 이 학생이 미래에 대통령이 되었으면 좋겠다.

"대식아! 나중에 잘되면 선생님 짜장면이랑 탕수육 알지?"

이산가족의 아픔을 상상하고, 이산가족의 고통을 덜게 하려고 대통령님에게 손편지 보내는 모습을 상상하고, 판문점에서 이산가족이 얼싸안고 행복한 얼굴로 평화로운 한반도를 만드는 모습을 상상한다. 우리들의 상상이 언젠가는 현실이 될 수 있겠지?

리더의 자격

우리 반 학부모 상담을 끝내고 맘에 걸리는 지점이 있었다. 바로 회장 어머님과 상담한 순간이었다.

"진심이는 회장으로서 자기 일에는 최선을 다하는데 남 앞에서 이끌어가는 게 부족한 것 같아요."
"네. 저도 그 점을 잘 알고 있어요. 내성적인 성격이라 회장을 해보라고 권유했고 운이 좋아서 3년 동안 회장을 했어요. 그래서 좋아진 줄 알았는데 아니군요."

울먹이며 말씀하셔서 마음이 불편했다. 하지만 회장이니까, 리더니까 더 높은 잣대를 적용해야 한다고 생각했다. 본의 아니게 잘하는 점보다는 부족한 점에 대해 더욱 말씀드리는 시간이 되었다. 내가 그런 부분에 대해서는 나름의 강점이 있다고 생각했다. 그래서 내가 도울 수 있는 부분은 돕겠다고 자신감 있게 말씀드리고 상담을 끝냈다.
사실 나는 지금까지 리더 경험을 꽤 해봤다. 학창시절엔 반장, 공군장교 사관후보생일 때는 명예위원장, 신규교사 및 1정 정교사 연수 전체대표까지. 큰 목소리, 남 앞에서 당당하게 나서는 모습, 무조건 들이

대는 적극성 등을 갖고 있어서 나는 내가 리더의 자격을 꽤 갖췄다고 생각했다. 그래서 대체로 리더 역할을 잘 수행하고 있다고 생각했다. 나는 그것만이 리더의 자격이라고 생각했다.

교실 밖을 떠나 현장체험학습을 떠난 어느 날, 반깁스하고 절뚝이며 나타난 여학생이 보였다. '오늘 힘들어서 어떻게 다닐까?' 싶었다. 그런데 그 학생은 혼자가 아니었다. 옆에는 회장이 서 있었다. 아주 자연스럽게, 모든 체험을 하는 동안, 체험을 마치고 버스에 탑승하는 그 순간까지도 회장은 그 학생 옆에 있었다.

순간 엄청 부끄러웠고 창피했다. 어딘가 숨고 싶고 가슴이 뜨거워졌다. 나는 반깁스를 하고 온 학생에게 조심해서 다니고 무리하지 말라고 말만 했을 뿐 행동으로 챙겨주진 않았다. 큰 목소리로 말만 했을 뿐 따르는 행동은 하지 않았다. 그 모습을 사진으로 남기고, 회장 어머니께 연락을 드렸다.

"불편이가 반깁스를 해서 오늘 불편했을 텐데 진심이가 끝까지 옆에서 도와줬네요. 감동을 받았습니다. 그리고 크게 칭찬했습니다. 어제 상담에선 저의 입장만 강조하느라 진심이의 리더십을 발견하지 못했던 것 같습니다. 저와 스타일이 다르다고 함부로 판단해선 안 된다는 점을 배웠습니다. 죄송합니다."

과연 리더의 자격은 무엇일까? 큰 목소리? 당당함? 적극성? 물론 그런 요소가 어느 정도 필요하다. 하지만 가장 중요한 건 바로 '마음' 인 것 같다. 한 사람을 온전히 생각하고, 이해하고, 사랑한다면 그 사람은 모든 사람에게 그렇게 대할 가능성이 크다. 아니 확실히 그럴 것이다. 오늘 진심이가 보여 준 리더의 모습은 진정으로 사람을 생각하는 '마음'이었다. 내 모습이 부끄럽고, 부끄럽고, 부끄러웠다.

—

연탄재 함부로 발로 차지 마라

너는 누구에게 한 번이라도 뜨거운 사람이었느냐

- 안도현 -

교단일기를 쓰며 나를 돌아본다. 그동안 내가 경험한 일을 토대로 나는 나만의 결론을 갖고 있었다. 리더는 목소리가 크고 남 앞에 나서서 이끌어야 한다고 생각했다. 그래서 그런 태도를 아이들에게 많이 강조했고 자신감이 부족한 아이들은 덕분에 효과도 있었다. 나는 나만의 생각에 빠져서 그것이 옳고, 그래야만 한다는 착각에 빠져있었던 것 같다.

교사는 아이들을 가르치면서 배운다. 아니 아이들에게 배우는 것이 더 많다. 목소리도 작고 앞에 나서지도 않지만, 회장의 진심 어린 행동은 단연 최고의 리더의 자질이 맞다고 인정했다. 전통적인 리더상은 아니라고 생각했지만, 회장의 행동은 이 시대에 필요한 새롭고 진정한 리더십이라고 느꼈다. 한 사람, 한 사람에게 의미 있는 행동을 하며 옆을 지키는 진정한 리더라고 말이다.

그럼 나는 그동안 얼마나 많은 아이들에게 이런 편견을 갖고 대했을까? 그동안 내가 경험하고 맞다고 느낀 부분만 강조하지 않았을까? 그런 과정에서 아이들의 모습을 있는 그대로 보지 못하고 내 기준만 강요하진 않았을까? 오늘의 부끄러움을 잊지 말고 살아야겠다.

회장과 회장 어머님에게 다시 한 번 사과드리며 반성한다.

학생을 위한
이인삼각 달리기

"오늘 부모님과 상담을 하는데 혹시 선생님에게 하고 싶은 이야기 없니?"

1년에 두 번 학부모 상담주간이 있다. 방문상담을 신청하신 부모님도 있고 전화상담을 요청하신 분도 있다. 부모님들과 상담하기 전에 미리 아이들과 예비 상담을 나눈다. 물론 평상시에도 많은 이야기를 나누지만, 상담주간에는 평소에는 몰랐던 특별한 이야기가 툭 튀어나오기도 한다.

"저는 용돈을 더 받고 싶습니다."
"저는 방탄소년단 포토 카드를 꼭 갖고 싶어요."

이렇게 본인이 원하는 바를 정확하게 말하는 학생들도 있지만, 대부분 별다른 대답을 하지 않는다. 그러면서도 막상 우리 선생님이 부모님과 무슨 이야기를 나눌까 궁금해하는 눈치다. 나는 평소 학습 태도와 친구들과 장난쳤던 모든 것을 아주 솔직히 말하겠다고 한다. 선생님이 눈으로 보고 귀로 듣는 것을 전부 기록했으니 어쩔 수 없다고 말이다. 아이들은 두 손을 싹싹 빌며 절대 안 된다고 호소한다.

6교시가 끝나고, 아이들과 하이파이브로 하교 인사를 한다. 금세 텅 빈 교실을 바라보며 교실 청소를 시작한다. 분명 아침에는 깨끗했는데 아이들과 한바탕 지내다 보면 탁구공만 한 먼지가 돌아다닌다. 이래서 선생님들이 매일 쓸고 닦고 하시는구나 생각이 든다. 상담시간표를 살피고 개인별로 상담자료를 준비한다. 김연민 선생님의 학부모 상담 강의를 듣고 '3자 상담'의 중요성을 깨달았다. 예전에 '아버지, 어머니, 학생, 교사' 이렇게 4자 상담을 해본 적이 있긴 하지만 대부분은 교사와 부모만 상담한다. 생각해보면 우리는 학생 때문에 만나게 된 것이고 학생의 행복과 성장을 위해 상담을 하는데 당사자인 학생이 빠져있다는 건 안 될 말이다. 오늘은 첫 번째로 여학생과 엄마 그리고 나, 이렇게 3자 상담을 했다.

이번엔 딱딱한 상담 말고 유쾌하고 재밌는 토크쇼처럼 해보고 싶었다. 학생이 미리 작성한 '나를 알아봅시다' 체크리스트(인디스쿨 자료 참고)를 참고하여 부모님께 문제를 냈다.

"과연 나의 자녀는 매우 그렇다 / 그렇다 / 보통이다 / 그렇지 않다 / 전혀 그렇지 않다 중에 무엇을 선택했을까요? 자! 예측해보세요. 하나~둘~셋?"
"나는 학교생활이 즐겁다 / 나는 우리 반 친구들이 좋다 / 나는 공부가 즐겁다 / 나는 공부하는데 어려움을 느끼지 않는다 / 나는 내 자신이 자랑스럽다 / 나는 행복하다 / 나는 가족을 아끼고 사랑한다 / 가족은 나를 아끼고 사랑한다 / 나는 가족들과 대화나 함께 활동하는 시간이 많다 중에서는 어떤 선택을 했을까요?."

학부모님들은 자녀와 대답이 같을 땐 안도감과 환호를, 다를 땐 당혹감과 그 이유를 궁금해하셨다. 나도 최대한 좋은 점만 알려드리고 싶은 마음이 컸지만, 솔직하게 있는 그대로를 알려드리는 게 서로를 위해서 좋은 것 같다. 결과에 따라 자연스럽게 학교에서의 모습과 가정에서의 모습에 대한 정보 교류가 이루어졌다. 3자 상담은 분위기가 일반 상담과는 확연히 달랐다. 엄마가 옆에 있으니 교실에서 본 모습과는 다른 표정이다. 편안한 분위기가 되니 아이의 다양한 면을 보게 되었다. 딸이 엄마에게 바라는 점, 엄마가 딸에게 바라는 점을 교사 앞에서 이야기하니 약간 어색하면서도 매우 진지한 상담이 되었다. 때로는 웃고 때로는 눈물도 났지만, 서로를 위하고 사랑한다는 사실은 확실했다.

"아이고~ 아버님이 오셨네요! 고생이 많으십니다."

보통 학부모 상담은 어머니가 많이 오신다. 그런데 유일하게 아버님이 한 분 오셨다. 딸 셋과 함께 우리 교실을 찾은 아버님이 더욱 멋져 보였다. 우리 반에 첫째가 다니는데 자녀에 대해 많이 알고 계셔서 흐뭇했다. 나도 딸이 있어서 그런지 더욱 공감도 되고 내 딸이 더욱 커서 초등학교에 입학한다면 학부모 상담은 꼭 내가 가야겠다고 다짐했다. 방문상담은 얼굴을 보며 이야기를 하니 오해의 소지가 적었다. 상담 관련 자료를 바로 보여드리며 말씀을 나누니 궁금한 것도 바로 해결이 되었다. 반면 전화상담은 편하지만 어려운 점이 많았다. 목소리로 모든 소통을 해야 하니까 생각보다 조심하게 되었다. 단어 하나, 자녀에 대한 정보 제공에 대한 세심한 주의가 필요했다. 그래도 평소 학부모 밴드로 소통해서(사진과 영상을 일주일에 한 번 업로드해서) 그런지 생각보다 궁금증은 많지 않으셨다.

"자! 어제 상담한 친구들, 집에서 부모님과 이야기 나눴나요?"

부모님 상담으로 상담은 끝나지 않는다. 어찌 보면 상담은 진정한 대화와 소통의 첫 단추인 것 같다. 대부분 아이들은 상담이 끝난 저녁에 부모님과 많은 이야기를 나눴다고 한다. 엄청 걱정했는데 생각보다(?) 안 좋은 이야기가 안 나와서 다행이라는 이야기도 들리고 선생님께 부탁해서 부모님을 설득해 원하는 것을 얻어 기분이 좋다는 이야기까지 웅성웅성. 몇몇 아이들은 부모님이 바빠 따로 이야기를 나누지 못하기도 한다. 그럴 땐 그 아이들은 따로 불러서 개인 상담을 한다. 그리고 내가 대신 상담 내용을 말해준다. 〈학부모 상담- 김연민, 김태승 지음〉 책에서 이런 구절이 있다.

"학부모 상담은 학생의 성장을 위해 벌이는 선생님과 부모님의 이인 삼각 달리기다."

교사 따로 부모 따로 각자 열심히 한다고 해서 학생의 온전한 성장은 만들어지지 않는다. 학부모 상담은 사실 따로 주간이 필요 없다. 평상시 궁금한 것을 서로 묻고 의논하며 이야기 나눌 수 있는 교육의 장이 되어야 한다. 하지만 현실적으로 어려우므로 현존하는 학부모 상담주간을 최대한 이용해야 한다. 이 주간만이라도 아이의 행복과 성장을 위해 교사와 부모는 서로 만나서 머리를 맞대고 노력해야 한다.

이번 학부모 상담주간은 한 분당 20분밖에 되지 않았지만, 이번 기회를 통해 더욱 소통하고 공감하다 보면 그 효과는 20년 이상 가지 않을까? 학생의 지금 이 순간은 지나가면 다시 돌아오지 않기 때문이다.

선생님! 오늘 하루 어떠셨어요?

선생님
이야기

왜 우리는 계속 바쁠까?

"바쁘지? 근데 계속 바쁘지? 이상하지 않아? 계속 바쁘다는 게?"

전담 없는 5교시 수업을 마치고 연구실로 들어가니 기타를 만지작 거리시는 선배 교사가 말씀하신다.

"이게 말이지 97년도부터 뭔가가 계속 들어와. 학습준비물, 학교 급식, 영어 수업 등등. 그 전엔 학교 교육 과정도 없었어. 국가교육 과정으로 했지. 그때는 교재일기 같은 걸 썼어! 대신에 수기로 말이야. 수기 말하니깐 그때는 학생부를 직접 썼긴 했는데, 그때만 바빴지 보통 4월 말 정도 되면 한가해져야 하는데 요새는 계속 바빠. 아니, 교사가 여유가 없는데 무슨 수로 학생들을 잘 챙겨? 돌봄? 이런 거 있지도 않았지. 사교육 덜어 준다는 방과 후는 어때? 청소년 단체 같은 거 말이야. 학교가 말이지 아주 호구야. 만만하니깐 계속 들어오는 거야."

항상 도인 같은 풍모를 풍기시는 분이라 특이한 말씀만 하셨는데 오늘 이야기는 무척 집중되는 이야기였다. 교육지원청을 없애버리고 시청에 교육계만 살려 놓고 최소한의 행정업무만 남겨놔야 한다는 말도 뭔가 공감이 되었다.

'그러게 언제부터 왜…. 우리는 항상 학교에서 바쁠까?'

한 번도 생각해보지 못한 질문을 스스로 던져봤다. 바쁘다고만 생각했지 왜 바쁜지는 깊게 생각해 본 적이 없었다. 그렇게 생각에 빠져서 3시부터 있는 교직원 회의에 늦을 뻔했다.

오늘은 학생 공동 생활지도 아이디어를 주제로 전 교직원이 이야기를 나눴다. 그중 교권보호위원회 이야기가 인상 깊었다. 모든 학교에 의무적으로 있을 거라는 말이었지만, 당최 현실에서는 적용된 예가 없어서 몰랐다. 학생이 잘못하면 선생님에게 경고를 받고 3회 이상 지속되면 교장 선생님과 상담을 한다. 변화가 없으면 학부모교육까지 이루어지는 체계적인 시스템이다. 학교는 학생 인권과 학생 행복에 초점을 맞추고 열심히 교육하지만 정작 교실 속에 교사의 권리는 누구 하나 보호해주지 않는 것 같다. 그저 조용히 넘어가고 외부로 새어나가지 않고 1년간 무탈하게 지내는 게 교사들의 목표가 되어가는 교육의 미래는 과연 밝은 걸까?

4학년 부장님께서 일과 중 교단일기를 작성하신다는 이야기를 듣고 반가운 마음에 교실로 찾아갔다. 이야기를 듣는데 내가 쓰는 교단일기랑 다른 점이 있었다. 바로 특별히 문제 행동을 하는 아이 중심으로 본인의 지도내용을 매일 구체적으로 기록하신 점이다. 어떻게 중재했으며 어떻게 화해를 했고 어떻게 사과를 했는지 기록하고 모든 기록은 당사자인 학생의 확인을 받았다고 하셨다. 심지어 진급을 시켜도 특별 아동을 지도한 내용은 몇 년간 보관하신다고 하셨다. 예전에 어느 학생이 일기장에 담임선생님의 잘못된 행동을 적었는데 교사는 기록이 없어서 당했다는 이야기, 모든 기록을 항목별로 구분해서 재판에서 승소했다는 이야기까지. 하! 언제부터인가 처벌을 피하고자, 나의 직업 안정성을 위해 기록을 해야만 하는 것인지 자괴감이 들었다. 하긴 우리 학년에서는 1학년 때 자기를 놀렸던 학생에게 사과하라고까지 했으니 적자생존이란 말이 괜히 생긴 게 아닌가 싶다.

 업무는 어떤가? 사회에서 무슨 일이 터지면 고스란히 학교의 업무로 들어온다. 가르쳐야 할 시간은 정해져 있는데 내용은 계속 늘고 있다. 그럼 도대체 어떻게 하라는 말인가? 그렇게 들어온 업무는 절대 스스로 없어지지 않는다. 관성처럼 매년 반복된다. 간혹 교육보다 업무를 우선시되는 학교문화가 자리 잡기도 한다.

"교사가 수업은 당연히 해야 하는 거고 업무를 잘해야지!"

 학교는 점점 바빠지고 교사들은 숨 쉴 틈이 없다. 일부 아이들과 학부모들은 교사를 괴롭히고 학교폭력과 고소 또는 소송까지 불사른다. 여론은 교사는 방학도 있는 철밥통이라고만 한다. 교사 스스로는 스승의 날을 폐지하자는 국민청원을 올린다. 과연 교사들 의욕을 꺾고

불신감만 팽배하는 분위기 속에서 진정한 교육이 일어날 것으로 보는지 궁금하다.

아무리 고귀한 교육철학과 목표가 있다고 하더라도 그것을 학교현장에서 구현하지 못하면 의미가 없다. 교육의 실천은 교사와 학생의 의미 있는 만남에서 일어난다. 교사가 보다 여유롭게 학생에게 집중할 수 있는 교육환경을 만들어주는 것이 교육현장 지원의 핵심이 아닐까? 우리 모두 가장 간단하면서도 중요한 걸 놓치지 않았으면 좋겠다.

업무분장표 유감

코로나로 학교현장이 숨 가쁘게 변하고 있다. 비대면 수업을 위한 다양한 앱과 프로그램의 활용을 배우면서 정신이 없다. 나도 이렇게 힘든데 연세가 많으신 선배 교사들의 고충은 이루 말할 수 없을 것이다. 그런데 더 가슴 아픈 건 급변하는 현실 때문에 선배 교사들이 퇴직을 생각하고 계신다는 것이다. 동료 교사와 학생들에게 더 이상 민폐를 끼칠 수 없다는 생각을 하신 듯하다. 하지만 내가 볼 때는 그건 단순 활용 방법의 문제일 뿐이다. '노인 한 명이 죽으면 도서관 하나가 사라지는 것 같다.'라는 인디언 속담이 있다. 나는 이것을 이렇게 바꾸고 싶다. '교사 한 명이 퇴임하면 학교 하나가 사라지는 것 같다.' 수십 년간 교직에서 쌓아 올리신 노하우야 말로 진정한 수업의 알맹이기 때문이다. 힘든 상황일수록 선배 교사들은 중심을 잡고 젊은 선생님들은 선배 선생님들에게 손을 내밀어 함께 협력한다면 엄청난 시너지가 발생할 것이다.

어느 월요일, 숨 가쁜 6교시가 끝나자마자 선생님께 메시지를 보냈던 기억을 떠올린다.

"부장님 제가 책을 읽다가요, 최고가 되려면 최고에게 배우라는 말이 마음에 너무 와 닿는 거예요. 그래서 일주일에 1~2회 부장님 수업을 상시(?)로 참관하면 안 될까요? 형식적으로 모여서 사진 찍고 그런 거 말고요. 비록 부장님은 2학년이고 저는 6학년이지만 제가 느끼고 싶은 건 아이들과의 학습, 관계 등 눈에 보이지 않는 것을 그냥 느끼고 싶어요."

"좋아요. 다만 선생님이 내 수업을 보며 '나는 저렇게 수업하지 말아야지' 라고 느꼈으면 좋겠어요."

갑자기 연락해서 뜬금없는 부탁을 했는데도 선생님은 응답해주셨다. 철없는 후배의 부탁을 흔쾌히 들어주시는 선생님이 감사했다. 냉큼 노트와 펜을 챙기고 사과즙 2봉도 챙겨서 선생님 교실로 향했다.

"제가 고민되는 점이요. 친목일 등 외부로 보이는 부분으로 칭찬을 받으면 받을수록 공허한 느낌이 드는 거예요. 생각해보니 교사로서 내면에 대한 만족을 못 느꼈던 것 같아요. 스스로 인정받고 칭찬받고 싶어요. 그래서 부장님의 수업도 보고 고민도 함께 나눴으면 좋겠어요."

"나도 고민이 많아요. 나는 요새 '시간'에 대해 많은 생각을 해요. 과연 내가 지금 이 순간을 잘 보내고 있는 것인가? 수업할 때 아이들 활동시간, 내가 가르치는 시간, 학교에서 근무하는 시간, 퇴근 후 나의 시간, 미래의 나의 시간 계획 등… 선생님이 지금 이렇게 고민을 시작했다는 건 무척 반가운 일이에요. 그리고 이렇게 행동으로 실천했다는 점이 참 대단해요."

놀랐다. 돈과 명예 등의 말씀을 하실 줄 알았는데, 시간에 대해 첫 말씀을 하시다니 귀가 쫑긋했다. 한 번 지나가면 돌아오지 않는 시간인데 나는 오늘 나의 시간을 알차고 충만하게 보냈는가?

"나는 국어수업은 인간에 대한 이해라고 생각해요. 그래서 역사 공부를 했고 손자병법부터 읽었어요. 로마인 이야기를 지나 십자군 전쟁, 지금은 피렌체 메디치 가문과 르네상스에 대해 읽고 있어요. 몇천 년간 변하지 않고 반복되는 인간성에 관한 공부가 국어수업 같아요. 그래서 지금도 국어수업이 제일 어려워요. 수학은 내가 참 좋아하는데 얼마 전에 받았던 초등수학 르네상스 연수가 참 좋았어요. 아, 여기 연수 자료가 있는데 정리는 안 됐지만 전부 가져가세요. 수학은 철학이라고 생각해요. 추상적 개념을 왜 숫자로 표현하게 되었는지? 처음 생긴 숫자와 가장 나중에 생긴 숫자, 분수도 숫자라는 것 등 내가 관심 있는 분야에 관한 책을 읽고 연수를 신청하며 연구하고 단단한 철학을 세우는 게 중요한 것 같아요."

아, 이것이 교직 경력 37년의 클라스인가 싶었다. 뭔가 막혔던 머리가 뻥 뚫렸다. 수제자 한 명을 키우는 심정으로 저에게 전부 전수해달라고 웃으며 말씀드려본다. 대선배와 철없는 후배의 콜라보가 앞으로 어떻게 진행될지 궁금하다.

40분 동안 인터뷰(?)를 하며 고민을 털어놓고 이야기할 수 있음에 감사했다. 역시 생각이 들면 바로 실천을 해야 얻는 것이 있다는 진리도 확인했다. 평상시는 복도에서 만나면 인사만 하는 사이로 끝날 수 있으나 내가 어떻게 다가가느냐에 따라 나의 평생 멘토이자 은인이 될 수 있다.

경력 30년 이상 의사는 환자가 명의라고 부르며 찾아가 진료를 받지만, 경력 30년 이상 교사는 늙었다며 아이들과 어울리지 못한다며 학부모들이 싫어한다며 수업을 잘할 수 있겠느냐는 의구심으로 교직의 긍지와 사기를 꺾어버린다. 승진하지 않고 학교에서 존재감이 없이 교실만 지키면 부족한 교사일까? 진짜 교사의 길과 의미에 대해 깊게 생각해본다. 밖에서 바라보는 시선도 문제지만, 교직 내부에서도 묵묵히 교사의 길을 걸으며 퇴임까지 아이들과 교육을 수행하는 평교사에 대해 존경하는 분위기도 필요하다고 생각한다. 우리 학교에서도 부장님을 '멘토와 일상 수업 공개'라는 타이틀을 드리지 않고 인정과 존경하는 분위기가 없었다면 나도 부장님을 그저 지나가며 인사하는 동료 선생님으로 알았을 것이다.

본교 업무분장에는 '수업 멘토'라는 업무가 있다. 고경력 선배 교사의 노하우를 아낌없이 베풀 수 있는 공식적인 직함을 주는 것이다. 보통 행정업무가 배분되는데 수업 멘토라는 역할을 하는 분이 있어서 내가 그 선생님을 알 수 있었고 접근할 수 있었다. 평소 관행대로 만드는 '업무분장'이 아니라 구성원들이 맘껏 역량을 펼칠 수 있도록 도와주는 건 어떨까? 한 사람의 교사는 행정업무를 처리하는 기계가 아니다. 수업과 상담에 대해 고민하고 실천하며 더 나은 교사가 되기 위해 연구하는 것이다. 한 사람의 교사를 인격적으로 대하고 동료 교사와 만남을 통해 함께 성장할 수 있는 학교는 언제까지 상상만 해야 하는가?

후배 교사가 선배 교사의 노하우와 철학을 배울 수 있는 장을 마련해주고 자연스럽게 교류하며 서로 배우며 함께 성장할 수 있는 그런 학교를 꿈꾼다.

긴급한 일 VS 중요한 일

국정감사 시즌이 되면 학교에 '긴급'한 공문을 요청하는 일이 많이 벌어진다. 당시 교감 선생님은 나에게 교무실로 당장 와달라고 말씀하셨다. 무슨 일이냐고 물으니 '긴급'한 공문을 확인했냐고 대뜸 묻는다. 확인은 했다고 대답하니 본인은 당장 체육교구실 가서 확인해보고 오는 길이라고 하셨다. 그리곤 학교에 브랜드별 농구공, 축구공, 배구공 개수를 갑자기 물어보셨다. 좀 황당했다. 물론 내가 체육부장이니깐 물어보실 수도 있어서 대략 말씀을 드렸더니 그것도 정확히 모르냐고 하시며 기본적인 체육교구가 없는데 그럼 체육 수업을 하지 않는 거냐며 따지셨다.

'응? 이게 뭐지?'

전국에 계신 체육업무 담당 선생님들은 그 '긴급' 국정감사 요구 자료를 보고 꽤 황당하셨을 것이다. 그 내용은 바로 브랜드별 농구공 수량을 파악해서 '긴급'하게 보내라는 것이었다. 어이가 없었다. 만약 해당 브랜드 공에 유해 성분이 있다면 즉시 그 브랜드 농구공이 무엇인지 알리고 사용하지 말라는 조치를 먼저 취해야 한다고 주장하신 정성식 선생님의 의견에 공감했다. 수많은 선생님이 국회의원실 항의 전화, 교육청으로 전화, 국민청원에 의견을 내는 등의 실천이 이어졌고 결국 그 '긴급'한 감사 요구 자료는 전격 취소되었다. 내 교직 인생에 긴급 감사 요구 자료가 취소된 것은 처음이었다.

상식적으로 맞지 않는 '긴급'한 자료를 요구하는 윗분들이 있다. 그리고 그 요구가 무엇을 뜻하는지 생각하지 않고 누구보다 발 빠르게 처리함을 최고의 능력이라고 생각하는 관리자도 있다. 또한, 그 관리자의 닦달에 수업을 제치고 열렬히 응대하는 교사도 있다. 그런데 그런 교사는 바로 나였다. 아무 생각 없이 무엇이 중하냐고 묻지 못하고 고민하지 않고 기계처럼 후다닥 처리하면 폼 난다고 생각하고 열심히 반응해줬던 교사는 바로 나였다.

"창진 선생님! 급한 일이랑 중요한 일이 있으면 뭐부터 할 거야?"
"그야 급한 일부터죠!!"
"아니 중요한 일부터 하는 거야. 무조건 중요한 일부터 먼저 해야만 하는 거야!"

몇 년 전 급한 공문 처리로 복도를 후다닥 뛰어다니던 그때. 예전에 함께 근무했던 선생님이 나를 보시고 잠깐 불러세우고 이렇게 말씀하신 게 기억난다. 내가 지금 교사로서 하는 일이 무엇인지 정확히 알고 실천하는 깨어있는 교사가 되기 위해 긴급한 일보다 중요한 일을 먼저 하겠노라 다짐한다.

위로…
그 따뜻함

'이런 게 우울감인가?'

요새 가끔 기분이 확 다운된다. 온라인 학습이 길어져서 지쳐서 그
런 것인지, 교사로서 아이들을 만나지 못해서 그런 것인지, 매주 학사
운영일정이 어떻게 운영될지 예측할 수 없어서 그런 것인지 아니면 이
모든 게 이유일지.

최악의 상황에서도 분명 최선의 노력을 다하고 있다고 생각하지만,
항상 아쉽고 부족함만 느낀다. 다른 선생님들은 뭔가 더 완벽하고 훌
륭한 온라인 학급경영을 하시는 것 같은데, 그렇다고 여기서 더 무엇
인가를 할 마음의 여유도 솔직히 없었다.

"뉴스를 보니 1학기가 통으로 날아갈 수 있다는 생각도 들더군요.
그래서 오늘은 그동안 진행되었던 학년별 온라인 수업에 대한 성찰과
앞으로 등교개학이 더 연기되어 장기화할 경우를 생각해서 어떻게 하
면 좋을지 의견을 나누고자 합니다."

정말 엄청나게 오랜만에 교직원 협의회를 했다. 이 시국에 꼭 이렇게

다 모여야 하나 투덜댔지만, 그래도 다 같이 모이니 참 좋다.

"아이들이 제대로 수업을 듣고 학습하고 있는지 잘 모르겠습니다."
"피드백하며 확인하고 싶은데 쉽지 않네요."
"등교개학이 또 연기되면 자료를 더 만들어야 하는데 모든 여건이 부족해요. 마이크와 실물화상기 같은 게 있으면 좋겠어요."

다양한 학년 이야기를 들으며 '나만 힘든 게 아니었구나.' '나만 이런 고민하는 게 아니었구나'를 느꼈다. 비록 마스크를 쓰고 거리 두기를 했지만, 서로를 바라보는 따뜻한 눈빛, 고개를 끄덕이며 공감하는 모습에 묘하게 위로를 받았다. 신기한 경험이었다.

"예전에 연수를 들었는데요. 10년 뒤에 가장 먼저 사라질 직업 3위가 교사였거든요? 근데 온라인 개학을 해보니 그 말이 틀렸다는 걸 확신했습니다. 교사의 역할은 단순 지식 전달자가 아니죠. 관계, 사회성, 공감, 생활지도 등등 학교와 교사의 역할에 대해 다시 생각해봤습니다. 우리 10년 뒤에도 직업 유지할 수 있습니다."

씩 웃었다. 다들 지치고 힘든 상황에서 이렇게 말씀해주시니 힘이 났다. 직접 "수고했다", "고생한다"는 말을 들은 게 아닌데도 마음 한편이 따뜻해졌다. 내 안에 있는 우울과 짜증이 사라지며 마음속에 긍정과 희망의 샘물이 솟아오는 느낌이 들었다. 신기했다.

e-학습터에 올라온 교육부 장관의 '스승의 날' 감사 영상을 보며 크게 와 닿지 않았는데 오늘 교직원 협의회에서는 위로를 받았다. 그저 가만히 앉아 서로의 고민을 나누고 일상을 공유하며 앞으로의 해결책을 모색했을 뿐인데 말이다. 힘들고 어려운 상황일수록 교사에게 필요한 건 따뜻한 말 한마디와 공감의 끄덕임이다. 그 힘으로 위기를 함께 헤쳐나갈 것이다.

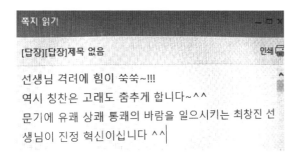

선생님! 오늘 하루 어떠셨어요?

빨리 가려면 '혼자' 가고
멀리 가려면 '함께' 가라

"같은 학년 대화만으로도 힘을 얻습니다. 이야기를 나누다 보니 해결방법도 떠오르고요. 나 혼자만 힘든 게 아니라는 위로도 받아요. 선생님들과 같은 학년으로 함께 지낼 수 있어 정말 정말 행복해요."

대화는 꼭 필요하다. 교실 안에서 학생들과 대화가 가장 중요하지만, 그에 못지않게 중요한 것이 동료 교사들 사이의 대화다. 선생님들은 어려움을 해결하기 위해 동료들과 생활지도부터 학급경영에 대한 고민과 실천에 관한 이야기를 나눈다. 초등학교는 교실에서 담임교사가 아이들과 거의 모든 시간을 함께 지내기 때문에 고민의 지점이 매우 다양하고 복잡하다. 누군가 특별한 해결책을 주기도 하지만 대부분은 동료와의 대화의 과정에서 힘을 얻고 스스로 해결해야 한다. 그 과정에서 가장 중요한 건 옆 반 선생님의 공감과 격려다. 필요하면 언제든지 모여 서로 얼굴을 보고 소통하는 것이 제일 중요하다.

"빨리 가려면 혼자 가고 멀리 가려면 함께 가라."

아프리카 속담이 문득 떠오른다. 혼자 하면 편하고 쉬운 부분이 있다. 게다가 더 빠르고 효율적일 수도 있다. 그러나 혼자만 하다 보면 한계에 부딪히고 외롭고 힘든 상황에 닥친다. 조금 늦더라도 함께 손잡고 가다 보면 더 넓고 깊게 의미 있는 한 걸음을 내디딜 수 있다. 학교는 공공성의 보루인 만큼 교사도 학생도 모두 함께 가야 한다.

특히 온라인 학습 영상을 함께 만드는 과정에서 '함께 하는 것'의 중요성을 절실히 느꼈다. 매번 각자 정한 과목의 학습 영상을 각자 스타일로 만들고 있는데 뭔가 답답하고 힘이 들 때 선생님들에게 의견을 냈다.

"체육 과목은 우리 셋이 모두 함께 영상을 만들면 어떨까요? 다른 반 담임선생님 얼굴도 보고요. 같이 만들면 더 재미있고 의미가 있을 듯해서요. 학생들도 좋아하고 집중할 것 같아요. 어떻게 생각하세요?"

우리는 그렇게 맨땅에 헤딩하며 일주일에 한 번 체육 영상을 촬영하기 시작했다. 교과서와 온라인 학습자료를 분석하며 학생들이 즐겁게 활동할 수 있는 내용을 추렸다. 간단한 콘티를 짜고 역할을 배분했다. 나는 진행을 하고 옆 반 선생님은 촬영, 부장 선생님은 편집과 자막을 넣어 영상을 완성해주시기로 했다. 처음에는 영상에 나만 등장했지만, 촬영이 진행되면서 모든 선생님이 출연하게 되었고 예능 프로그램처럼 즐겁게 참여하게 되었다. 영상의 질은 점점 좋아졌고 새로운 분야까지 도전하게 되었다. 만약 혼자 모든 걸 하려고 했다면 시작하기도 전에 포기했을 것이다.

유독 힘들고 지친 날은 고개를 돌려보자! 든든한 나의 동료가 있을 것이다.

온라인 우정편지 교류 프로젝트

비다. 시원하게 내리는 비를 한참 동안 바라본다. 창문을 열어놓고 눈을 감고 바람을 느껴 본다. 잠깐이지만 답답한 마음이 뻥 뚫린다.

"선생님 반과 저희 반 온라인 우정편지 교류 해보면 어떨까요? 저도 밴드로 학급운영을 하고 있어서요. 그냥 한번 제안해 봅니다! 홀짝 등교 주 1회 수업이 1학기까지 연장되니, 지쳐가는 아이들에게 색다른 추억을 만들어주고 싶단 생각이 들어서요. 멋진 제자들입니다!"

시흥 서촌초 윤선미 선생님께서 내 교단일기를 보시고는 놀라운 댓글을 달아주셨다. 댓글을 읽는데 가슴이 쿵쾅쿵쾅 뛰었고 당장 답을 달았다.

"네! 무조건 하시죠!"

한 번도 해보지 않았고 어떻게 진행될지 모르겠지만, 일단 해보고 싶다고 말씀드렸다. 항상 다른 반, 다른 학교와 콜라보레이션을 하고 싶은 나에게는 정말 최고의 제안이었다. 우리 반 아이들에게 '미리캔

버스'로 소식을 만들고 마이크를 켰다.

"온라인 우정편지 교류 어때요? 월요일에 이야기 나눠봐요."

윤선미 선생님은 밴드에 설문도 하셨길래 나도 해봤다. 근데 우리는 긍정적 신호 13명, 부정적 신호 7명이 나왔다. 서촌초 학생들은 대부분이 좋아하는데 왜 우리 반은 이렇게 다를까 싶었다. '이렇게 좋은 프로그램을 왜 싫어하지?'라는 생각이 들었고 기분이 좋지 않았다. 다양한 의견을 존중한다고 말하면서도 정작 아이들이 내 의견대로 동의해주지 않으면 삐치는 담임교사라니.

머리로는 이해하면서 부정적 신호를 표시한 학생들의 의견이 궁금했다. 그래서 한 명씩 전화했다. 등교수업이 아니니까 이런 게 참 어렵

다. 바로 앞에 있으면 내가 어떤 생각인지 표정과 온몸으로 바로 전할 수 있을 텐데 온라인상에 글자로만 보니까 생각을 잘 모르겠다.

"전 글쓰기가 어려워요."

"편지 몇 줄 이상 써야 해요?"

"저는 사실 연필 잡는 게 힘든데요. 오래 잡고 있으면 아파서 글 쓰는 게 쉽지 않아요(작년, 우리 반인데도 모르고 있었던 사실을 지금 알게 되었다)."

친구 사귀는 건 좋지만, 편지를 쓰는 글쓰기가 부담스럽다는 반응이었다. 역시 통화를 하다 보니 서로의 생각을 알게 되었고 생각을 파악하니 이해가 되었다. 주말까지 생각해보고 등교 개학하는 월요일에 모여 의견을 나누기로 했다.

윤선미 선생님과 연락을 하는데 이 과정 자체가 재밌었다. 더 잘하려고 억지로 노력하는 게 아니라 있는 그대로의 지금 모습을 즐기자고 하신 말씀이 정말 멋졌다. 랜선 동료 선생님이 생기니 더 힘이 났다.

월요일 창의적 체험활동 시간에 회의를 해보다가 윤선미 선생님네 반과 영상통화를 하면 어떨까 하는 생각도 들었다. 새로운 상황에서 아이디어들이 마구 쏟아졌다. 영상통화로 각 반 교실이 보였다. 우리 반은 전체등교, 시흥은 홀짝 등교를 해서 그런지 학생들의 모습이 다른 게 바로 확인이 되었다. 점심은 언제 먹는지, 6교시가 언제 끝나는지, 반의 분위기는 어떤지 즉흥 질문과 대답 시간을 가졌다. 힘든 상황에서 다른 지역 친구들은 어떻게 지내는지 무척 궁금했는데 이런 과정을 거쳐 알게 되니 좋았다.

전국에 계신 랜선 6학년 선생님들과 영역별로 교류하면 어떨까? 학교는 칸막이 문화가 있다고 하는데 랜선에는 칸막이가 없지 않은가? 다른 지역의 친구들과 함께 배우고 특별한 추억까지 만들 수도 있다니! 상상만으로도 짜릿하다.

교실 문턱은 낮게,
고민은 함께

"선생님! 수업 보러 가도 되나요?"

"당연하죠! 언제든지 오세요."

신규 선생님이 메시지로 우리 반 교실에 와도 되냐고 묻길래, 쿨하게 언제든지 오라고 말했다. 동시에 우리 반 교실을 재빠르게 스캔하고 오늘은 어떤 과목이 들어 있는지 확인한다. 3교시, 주말 이야기 시간이다. '이게 무슨 수업이지?' 라고 생각하시진 않을까 살짝 걱정도 된다. 하지만 '주말 이야기'라는 교과수업은 없지만 나는 이것이 진짜 삶이 있는 수업이라고 생각한다. 국어 성취기준의 핵심인 구어 의사소통의 달성 종합판 수업이 아닌가 생각도 든다. 말하고, 듣고, 읽고, 쓰기가 동시다발적으로 진행되기 때문이다. 그래서 나는 이 수업을 가장 사랑하고 중요하게 생각한다. 비록 일주일에 한 번이지만 말이다.

"주말만 되면 눈이 엄청 빨리 떠져요. 평일에는 그렇게 일어나기 싫은데요. 그래서 엄마한테 맨날 혼나면서 일어나는데요. 신기하게도 주말에는 새벽같이 일어나서 만화도 보고 게임도 해요. 그래서 오늘도 일어나기 힘들었고 또 엄마한테 혼났습니다."

"여러분이 학교 오는 날도 눈이 빨리 떠지도록 선생님이 더 노력할게요."

"드디어 꿈에 그리던 가족 여행을 다녀왔습니다. 어디 갔는지는 기억 나질 않지만 맛있는 거 진짜 많이 먹었어요. 고기, 라면, 김밥, 샐러드 진짜 계속 먹었어요. 정말 좋았어요. 또 가고 싶어요. 오빠는 빼고요."

"가족 여행 참 부럽다. 세상에서 가장 멋진 여행을 하고 왔구나. 우리 반이 이렇게 만난 것도 크게 보면 여행이야. 1년간 여행 잘 해보자."

수업이 끝나고 피드백을 해달라고 졸라대는 내게 신규 선생님은 메시지를 보내주셨다. 자기 시간을 쪼개서 다른 반 수업 참관하는 열정에 놀랐다. 또 자신만의 관점으로 본인의 학급에 대한 성찰까지. 오히려 내가 배운다. 정말 고맙다. 메시지를 캡처해 우리 학교 신규 선생님 '함께 성장' 밴드에 올린다. 자유롭게 다른 반 교실 문턱을 넘고 함께

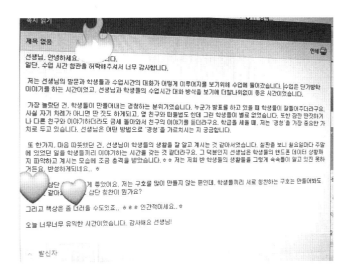

고민하며 성장했으면 좋겠다. 내 생각에 선생님은 절대로 통제와 감시로 성장하지 않기 때문이다.

신규 선생님께 피드백을 받으니 기분이 왕창 좋은 하루였다. 그만큼 나도 잘하고 싶다는 마음도 들어 열심히 노력해야겠다는 생각을 했다. 매일 한 뼘씩이라도 성장하는 삶을 살며 타인을 사랑하고 배려하는 삶을 살기 위해 노력해야겠다. 그러기 위해선 내 옆에 동료들과 함께 배우며 공유하는 용기를 가져야지!

"선생님 안녕하세요~ 오늘은 날씨가 무척 덥네요. 힘내세요!"

매일 출근하면서 우리 반에 가기 전, 옆 반 교실 문을 두드리고 아침 인사를 드린다. 아침 인사를 하지 못하는 날은 시간을 내서 꼭 방문하고 학급활동에 대해 궁금하거나 힘든 점을 토론한다. 처음에만 힘들지 자꾸 하다 보면 안 하면 서운하다. 다른 반 교실에 들어가는 걸 어려워하면 안 된다고 생각한다. 그렇다고 시도 때도 없이 벌컥벌컥 문을 열고 들어간다면 그 반 선생님은 나를 무척 어려워하실 것이다. 교실 문턱을 낮추려면 어떻게 해야 할까? 일단 내가 먼저 움직여야 한다. '다른 선생님이 우리 반에 먼저 오겠지?'라고 생각한다면 말 그대로 생각에서 끝날 가능성이 크다. 작은 용기를 갖고 다른 반에 노크를 해보자! 혼자만 고민하거나 힘들었던 일이 생각외로 술술 풀리는 경험을 할 수 있을 것이다.

죄송합니다. 교장 선생님

"아… 진짜 내가 하고 싶고 좋아하는 일은 누가 시키지 않아도 즐겁 구나! 그런데 집중하다 보니 다른 걸 다 까먹었네."

'혁신 연수'를 듣고 정말 좋아서 동료 선생님들에게 개인적으로 메시 지를 보냈다. 그리고 다음 날 모여서 더 이야기를 나눠보기로 했다. 매 번 듣는 연수지만 그걸 받아들이는 내 마음에 따라서 그것이 황금이 될 수도 있고 똥이 될 수도 있다고 생각한다.

점심시간에 선생님들과 연구부장님께 메시지를 날린다. 가장 열심 히 응답해주신 선생님 교실에서 3시 30분에 모이기로 한다. 시간 되 는 분들만 자유롭게 모여서 이야기를 나누는 게 목표다.
6교시가 끝나고 엄청 피곤한 금요일 오후지만, 쇠뿔도 단김에 빼라 고 지금 모이지 않으면 이 여운이 사라질 것만 같았다. 강사님에게 받 은 '실제 운영 사례' PPT를 틀고 전달하는데 중간에 동영상 재생이 안 된다. PPT만 받은 것이다. '아 진짜 나는 허당이다. 의욕만 앞서지 제 대로 하는 일이 없다.' 어쩔 수 없이 프로젝트 수업의 개요와 목적만 살펴보면서 각 학급과 관련된 이야기를 나눈다.

A: "그런데 저는 진도 나가기도 바빠요. 다음날 가르칠 것 준비하기도 버거운데 재구성과 프로젝트 학습이라뇨? 제가 가르칠 내용 전체를 한 번에 파악할 수 있도록 내용을 전부 숙지하고 있어야 할 것 같아요. 더 노력해야죠."

B: "나중에 숙련되고 나면 시도해 볼 생각이에요. 솔직히 지금은 아이들을 확 잡아야 할지 말아야 할지 같은 문제로도 매 순간 고민되거든요. 조금 더 익숙해지고 여유가 생기면 교실 안에서 해보고 같은 학년에서 함께 실천해보면 좋겠어요!"

C: "사실 하고 싶은 게 많아요. 밖에 나가서 자유롭게 교육 활동도 하고 싶고 여러 가지를 시도하고 싶은데 눈치가 보여서 못 하는 것도 있고 사고가 나면 모든 책임을 담임에게 돌리는 분위기라 겁이 나네요."

D: "솔직히 비교과라 여기 와야 하나 말아야 하나 고민이 많았어요. 한 학기에 한 번 하는 영양 수업이지만 좀 더 잘해보고 싶어요. 연수를 들으니 창의적 체험활동 시간도 담임선생님과 팀티칭을 잘하면 괜찮을 것 같아요. 그래도 교사로서 잘해보고 싶은 마음이 많아요."

모두 말하는 모습이 정말 이쁘시다. 아니 이분들이 교직원 회의 때

선생님! 오늘 하루 어떠셨어요?

고개를 숙이고 침묵하며 스마트폰만 두들기는 분들 맞나 싶다. 우리 학교의 교직원 회의는 부족한 게 많다는 것을 느낀다. 교장, 교감 선생님의 '말씀'만 듣고 정작 선생님들에게 말할 기회를 주지 못한 건 아닐까 하는 생각이 든다.

그런데 이런 생각도 해 본다. 과연 숙련돼야지만 잘하는 걸까? 교과 생활지도에 완성형이 있기는 한 걸까? 경력이 30년 이상이면 교실 안에 벌어지는 모든 상황을 마에스트로처럼 컨트롤 할 수 있을까? 물론 익숙은 하겠지만, 완성은 없다고 본다. 내 생각은 지금 이 순간 죽이 되든 밥이 되든 무엇인가를 시도해 봐야 성공이든 실패든 경험할 수 있다고 생각한다. 그게 바로 숙련으로 가는 과정이 아닐까?

'수업 진도 나가기도 벅차다?' '자유로운 수업을 하고 싶지만, 눈치가 보인다?' 나도 매번 고민되는 지점이라 공감된다. 그런데 교사 개인의 문제로 치부하기에는 암만 봐도 학교 시스템의 문제인 것 같다. 뛰어난 개인이 시간이 지나면서 둔감한 집단으로 변하는 것은 개인의 문제라기보다는 시스템의 문제라고밖에 생각이 안 된다.

"부장님 이렇게 말씀도 잘하시고 훌륭한 분들이 교직원 회의 때는 왜 조용하게 앉아만 있어야 할까요? 선생님들이 자신의 목소리를 자유롭게 낼 수 있는 좋은 방법은 없을까요?

한참 즐겁게 이야기에 푹 빠져서 시간을 보내고 있는데 진동이 울린다. 누구지? 나다.

"근데 연수 안 와요? 거의 끝나가는데."

교장 선생님 메시지다. '헉' 심지어 1시간 전에도 "교육청에 도착했어요." 문자가 와있었다. 멘붕 그 자체. '아 오늘 교장 선생님과 함께 받는 연수가 있었는데' 완전히 깜빡했다. 정말 새까맣게 잊어버렸다.

"헉 깜빡했습니다! 바로 가겠습니다!"
"거의 끝난 것 같아요. 안 와도 됩니다."

교육청에 도착했다. 안 계신다. 벌써 학교에 돌아가셨단다. 장학사님께 인사드리고 '죄송합니다'를 연발하며 다시 학교로 복귀한다. 교장실로 가니 교무실 앞에 교장, 교감, 교무, 연구부장님이 서 계신다.

"진짜 죄송합니다. 어제 들은 혁신 연수가 너무 좋아서. 선생님들이랑 같이 이야기를 하다가 그만 시간 가는 줄 몰랐습니다."

연구부장님이 웃으며 교장 선생님께는 미리 이야기 드렸고 교장 선생님은 그런 나를 엄청 칭찬하셨다고 말씀하셨다. 괜히 문자 보냈다며. 이렇게 의미 있는 모임을 하는 줄 알았다면 그냥 뒀을 거라고 하셨단다.

아, 감사했다. 그리고 죄송했다. 고개를 푹 숙이고 '제가 정신이 나갔

선생님! 오늘 하루 어떠셨어요?

나 봐요. 죄송합니다'를 연발했다.

"선생님들과 이야기를 나누다가 교장 선생님과의 선약을 까먹다니."

정말 죄송합니다. 교장 선생님!

신규 교사 함께 성장 모임

"교사는 언제 성장할까요?"라고 누가 묻는다면 나는 이렇게 대답할 것이다. "내가 관심 있고 잘할 수 있는 일을 마음껏 할 때요."

교원연수 업무를 맡아 선생님들의 공부 모임을 지원하며 근무 중일 때, 우리 학교에는 신규 선생님이 무려 네 분이나 오셨다. 그분들의 즐거운 학교생활과 적응을 위해 딱딱한 모임 말고 편안하면서도 의미 있는 자리를 마련하고 싶었다. 그래서 매달 마지막 주 목요일 3시 30분에 우리 반 교실로 초대했다. 그렇게 우리는 일단 만났고 이번이 벌써 7번째 '신규 교사 함께 성장 모임' 날이다. 그런데 예전부터 나는 신규 선생님들을 위해 엄청 특별한 분들을 모시고 무엇인가를 하고 싶었다.

"선생님들은 어떤 선생님에게 가장 많은 영향을 받으세요? 그리고 편하세요?"

신규 선생님들에게 여쭤보니 모두 3~4년 차 선생님들을 1순위로 꼽았다. 그래서 그때부터 3~4년 차 선생님들을 특별 게스트로 모시기 위해 온 힘을 다했고 결국 성사시켰다. 신규 선생님들은 가깝고도 먼, 수업과 업무를 잘 해내는 3~4년 차 선배들의 모습에 대해 함께 이야기를 나누고 싶어 했다. 이분들이야말로 신규 선생님들에게 자연스럽고 편안하게 학교 이야기를 해줄 것이라 기대했다. 섭외가 끝났으니 오늘의 모임 명을 정해야 했다. '뭐가 좋을까?' 신규 선생님들의 아이디어로 앞 문장을 완성했고 3~4년 차 선생님들의 아이디어로 뒤 문장을 완성했다. 좋다. 딱이다!

'무엇이든 물어보세요. 그런데 우리도 잘 몰라요.'

재밌는 모임 명을 완성하고 나니 간식비가 필요했다. 매달 모임 간식은 그냥 내 돈으로 샀다. 매달 품의 올리는 것도 귀찮고 딱히 배당된 예산도 없었기 때문이다. 그런데 오늘은 모임 인원이 무려 9명이다. 나 혼자 감당하기에는 버겁다. 그래서 무턱대고 교장 선생님께 맛있는 간식을 사달라고 했다. 멋쟁이 교장 선생님은 그러라고 하셨고 인당 만 원이 넘는 금액을 지원해주셨다. 공식적인 공부 모임이니 내부결재를 올려야 했다. 참고로 나는 업무는 완전 젬병이다. 언제 해야 하는지 어떻게 해야 하는지 잘 모르고 노력도 하지 않는다. 그런데 진짜 재미있고 의미 있다고 생각하는 일은 나름대로 열심히 하려는 편이다. 내 마음대로 결재를 올렸는데 멋쟁이 교감 선생님이 깔끔하게 수정을 해주셨다. 무턱대고 도전했지만, 교감, 교장 선생님께서 밀어주시니 힘이 났다.

그렇게 준비를 하고 선생님들의 모임이 시작되었다. 교실은 맛있는 피자 향기와 신나는 노래가 울려 퍼졌다. 2학년부터 5학년까지의 학년, 청소년 단체부터 학생자치 등 다양한 업무, 나처럼 이 학교에 처음 발령받은 선생님부터 4년 터줏대감으로 학교를 잘 아는 선생님까지 우리는 같지만, 매우 달랐다.

당시 열심히 읽고 있던 〈서준호 선생님의 토닥토닥〉 책의 목차를 보고 유레카를 외쳤다. 마치 이 모임을 위한 책 같았다. 그래서 목차의 형태를 빌리고 내용은 우리가 궁금한 것으로 살짝 바꿔봤다.

- 알림장을 어떻게 쓰는 게 효과적일까?
- 청소 방법이 궁금해요
- 아이들과의 관계는 어느 선까지가 좋을까요?
- 수업에 집중 못 하는 아이들 때문에 힘들어요
- 아침 활동은 꼭 있어야 하는 건지
- 1인 1역은 언제 바꾸고 어떻게 확인할까요?
- 내년에 같은 업무를 하는 게 좋은지 새로운 업무를 도전해보는 게 좋은지
- 발표 약속을 따로 만드는 게 좋을까요
- 수업 준비 방법 노하우
- 주말 이야기가 길어지는데 짧게 하는 노하우
- 욕설지도, 매번 다투는 아이들 생활지도

짧은 시간 동안 엄청 다양한 이야기와 폭넓은 실천사례가 오고 갔다. 내가 가진 것은 작지만 함께 공유하니 아이디어가 확장되며 커졌

선생님! 오늘 하루 어떠셨어요?

다. 이런 게 집단지성의 힘인가 싶었다. 자유롭게 토크쇼 형식으로 진행하다 보니 체계적으로 진행되지는 않았지만 그래서 오히려 좋았다. 한 주제로 모두 참여하다가 두 주제로 나뉘어 따로 정보를 나누기도 했다. 역시 만나니까 좋았다. 또 맛있는 음식이 있으니 더 좋았다.

신규 선생님들뿐만 아니라 3~4년 차 선생님도 오늘 모임이 좋았다고 말씀하셔서 기분이 좋았다. 내가 더 많이 알고 많은 경력이 있었다면 더 좋았겠지만, 아직 내 역할은 '연결 다리'다. 이런 콜라보를 내년, 내후년 하나씩 더 해볼 생각이다. 아래서부터 차근차근 위로 올라가는 만남과 소통의 학교문화는 어떤가? 너무 거창한가?

"선생님 올해도 신규교사 함께 성장 모임 하실 거죠? 언제 만날까요?"

올해 교원연수 업무를 맡지는 않지만, 흔쾌히 또 모임을 시작했다. 새로 오신 신규 선생님 한 분과 함께 말이다. 무려 2년 차가 된 선생님들이 각자 학교에서 경험한 일들을 공유하면서 모임의 깊이는 깊어지고 있다. 각자 주제를 정해 미니 강의를 하며 정보를 공유하고 누구나 주인이 되는 과정이 되도록 노력하고 있다.

"첫 발령지와 처음 만나는 동료 교사가 교직 생활의 많은 부분을 결정한다."라는 말을 들어본 적이 있다. 누구나 처음은 두렵고 힘들다. 그런데 누군가 옆에서 이야기를 들어주고 공감하며 함께 힘을 내

선생님! 오늘 하루 어떠셨어요?

자고 말한다면 조금은 괜찮지 않을까? 그 누군가의 역할은 우리 모두가 할 수 있을 것이다. 신규 선생님들에 대한 약간의 관심과 배려만 있다면 말이다.

나는야
껀수 만들기 대마왕

"제가 2학기부터 학급일지를 쓰기 시작했는데요. 참 어렵더라고요. 양식도 그렇고. 무슨 내용을 어떻게 써야 할지도 모르겠고. 그래서 학급일지 노하우를 공유하는 모임을 했으면 합니다. 학급일지를 쓰지 않으셨어도 관심이 있다면 누구나 환영합니다. 맛난 간식은 제가 쏘겠습니다. 관심 있는 분은 금요일까지 개별 메시지 주세요."

시작은 메시지 한 통이었다. 학교 행사가 끝나고 우연히 본 신규 선생님의 학급일지. 내가 쓰고 있는 학급일지의 몰골이 떠올랐다. 문득 다른 선생님들은 어떻게 학급일지를 쓰는지 궁금했다. 만나서 이야기 나누고 싶었다. '쇠뿔도 단김에 빼라!'는 말처럼 퇴근하다 말고 다시 4층 우리 반으로 올라가서 컴퓨터 전원을 켰다. 그리고 전체 메시지를 보내고 퇴근했다. 개인적인 어려움과 고민을 이야기 한 메시지에 무려 스무 분이 넘는 분들이 답을 보내주셨다. 당황스러웠다. 그저 같은 고민을 하는 분들 몇 명과 간식 먹으며 이야기를 나누려고 했는데. 이거 일이 점점 커졌다.

"오늘 우리 반 교실에서 3시 30분에 모여서 학급일지 노하우를 공

선생님! 오늘 하루 어떠셨어요?

유해요. 맛난 간식 먹으러 오세요."

교육청 급출장, 업무 때문에 바쁜 선생님들을 제외하고 무려 17분이 모이셨다. 교실에 마이크와 앰프도 설치하고 간식을 개인 접시에 이쁘게 담는다.

"칠판에는 뭐라고 써놓을까?"
"음, 학급일지 나눔의 장 어때요?"
"오! 좋다 좋아."

빙그르르 둘러앉아 서로 얼굴을 보고 웃는다. 한 명씩 돌아가면서 본인의 학급일지 이야기를 하고 듣는다. 노하우를 듣기도 하지만 대부분은 고민을 토로하고 배우고 싶다는 내용이다. 나 혼자만의 고민을 넘어 함께 연대하고 공감하는 소중한 시간을 겪는다. 충만한 느낌이 든다.

"링이 좋은 거 같아요. 제본하면 한데 묶기가 힘들거든요."
"휴대하기 편해야 하는 것 같아요. 그래서 사이즈를 줄였어요."
"연간시간표, 평가 성취기준, 체크리스트 등 여기다 다 때려 박아요."
"처음에는 호기롭게 시작했지만, 갈수록 기록하지 않는 나태함을 봅니다만."

　　　　　　　　　　　　　　선생님! 오늘 하루 어떠셨어요?

"초기에는 학생과의 상담, 수업 태도에 집중하지만 갈수록 업무 내용만 적는 저를 반성합니다."

"나만의 틀이 필요한 것 같아요. 나중에 DIY 학급일지 틀 만들기 연수 어때요? 다른 분들 양식을 세부적으로 잘라서 놓고 뷔페식으로 골라서 나만의 양식을 만드는 거죠!"

"포스트잇에 그때그때 적어서 학급일지에 붙입니다. 나이가 드니 노안이 와서 학급일지 사이즈는 점점 커지네요."

"부장님 때문에, 옆 반 선생님 때문에 학급일지를 쓰기 시작했어요."

"예전에는 수업과 생활지도 성찰 때문에 학급일지를 적은 것 같은데, 요샌 학교폭력 증빙자료 때문에 적는듯한 느낌이 들어 서글픕니다."

1시간이 어떻게 지나갔는지 모르겠다. 이 모임 때문에 어떤 선생님은 교육청 출장을 빠지셨다. 이 모임 때문에 어떤 선생님은 육아시간을 쓰지 않고 남아 계셨고 연수가 끝나도 다른 분들의 학급일지를 보며 이야기 나누셨다. 마무리하며 청소를 하는데 갑자기 또 다른 아이디어가 떠오른다.

"12월, 1월에는 내년 담임에게 욕먹지 않는 교실 청소법, 교실 인수인계 꿀팁 어떠신가요?"

나는 교실을 깨끗하게 치웠다고 생각하지만, 후임 선생님은 교실이 항상 더럽다고 하는 아이러니. 대선배님들의 정리법, 청소법 강의와 실습을 보면서 후배들도 노하우를 배우고 소통하는 장이 되지 않을까 생각이 든다.

"마지막으로 경력 40년의 우리 학교 수업 멘토 선생님의 총평으로 마무리하려고 합니다."

"네? 너무 부담스럽네요. 오늘 이야기를 들으며 고개를 계속 끄덕였습니다. 제가 모르는 것이 너무 많고 알아가야 할 것이 정말 많네요. 감사했습니다. 우리 모두 좋은 교사가 됩시다."

퇴근길, 내 마음은 충만하고 평온하고 행복한 느낌이다.

"내일은 또 어떤 껀수를 만들어서 선생님들과 만나볼까나?"

교사로서
가장 행복한 순간

"선생님한테 역사를 배우니 재밌고 좋아요!"

몇 년 전, 2시간 동안 역사 수업을 하면서 오두방정 연기를 하며 원맨쇼를 했다. 수업이 끝나고 탈진해서 의자에 털썩 앉았다. 노트 정리를 끝낸 학생이 나에게 다가왔다. 밝게 웃으며 내 수업이 재밌고 좋다고 말한다. 학생의 한마디에 씨익 웃는다. 기분 좋다. 행복하다. 아이들도 칭찬받으면 기분 좋듯이 교사도 그렇다. 바로 이 맛에 교사를 하는 게 아닐까?

"선생님 강의가 귀에 쏙쏙 들어와요. 온라인 학습 시작 전에 체조 영상도 넣어주셔서 따라 하는데 찌뿌둥했던 몸이 싹 풀렸어요."

e-학습터에 올라온 수업 영상에 대한 우리 반 학생의 피드백을 보고 혼자 헤벌쭉 웃었다. 갑작스러운 온라인 개학으로 정신이 없었다. 동료 선생님들과 과목을 나눠서 학습 영상을 자체제작 하기로 했다. 나름대로 열심히는 했는데 학생들은 어떻게 받아들일지 궁금했다. 그런데 이런 칭찬을 받으니 정말 기분이 좋았다. 다음 학습 영상은 더

신경 써서 잘 만들어야겠다고 다짐했다.

얼마 전, 온라인으로 학급살이 연수를 진행했다. 연수 진행 전 구글 설문지를 만들어 사전 조사를 했는데 여러 문항 중 하나가 '교사로 지내면서 행복한 순간이 언제인지'였다. 그 문항들을 살펴보면 다음과 같다.

- 선생님과 학생 상호 간에 진심이 통하는 시점
- 졸업한 제자들이 연락 올 때, 내가 했던 말 한마디를 기억해주고 그게 아이의 생활에 좋은 영향을 미친 것 같을 때, 동료 교사들과 마음이 잘 맞을 때, 방학 때 학교에 와서 아이들 마주치면 나한테 뛰어올 때.
- 지난 제자들이 나와 공부했던 때를 행복했다고 말해줄 때
- 아이들을 보며 웃고 있는 내 모습을 인지하는 모든 순간
- 지난 학교에서 힘든 학생이 있었는데 그 학생이 나의 힘듦을 알고 손편지를 보내줬을 때
- 아이들이 활짝 열린 마음으로 즐겁게 학습할 때, 아이들과 긍정적인 상호작용이 활발하게 일어나고 있을 때, 아이들이 '벌써 수업 끝났어요?' 라고 말을 할 때
- 수업이 잘 진행되고 학생들이 즐거워할 때
- 반 아이들과 소통이 잘 이루어질 때

교사가 행복을 느끼는 순간은 등교수업이든 온라인 수업이든 똑같

다고 생각한다. 우리는 언제나 학생과 소통하며 즐거운 수업을 진행하며 함께 성장하는 모습을 꿈꾼다. 학생들은 존경의 눈빛으로 선생님을 칭찬하고, 학부모는 교사의 교육활동을 진심으로 존중하며, 격려하고 관리자는 교사를 믿고, 교사가 춤출 수 있는 환경을 만들어주고, 동료 교사는 개성을 존중하며 서로 응원하는, 교사를 귀하게 여기는 사회 분위기. 상상만 해도 즐거운데 현실이 되면 얼마나 좋을까?

교사의 자리

　권영애 선생님의 책 〈그 아이만의 단 한 사람〉 제목만큼 교사의 존재 이유를 아름답게 표현한 문구가 또 있을까 싶다. 학생의 성장을 위해서는 온 마을이 필요하다지만, 실은 학생을 믿어주고 지지해주는 단 한 사람만 있어도 학생은 올바르게 자란다고 믿는다. 나도 누군가에게 그런 존재가 될 수 있을까?

　몇 년 전 어느 날, 오늘도 그 학생만 남았고 둘이 밥을 먹었다. 안경 학생이다. 사실 이 학생과는 뭔가 화해를 하고 싶었다. 내 기준에 맞지 않는다며 나 혼자 미워했고, 나 혼자 미안했고, 나 혼자 화해하고 싶어 했다.

　"안경 학생! 내 개인기 보여줄까? 이얼싼쓰우리우찌빠지우쓰~~~어때, 어때? 진짜 중국어지?"

　"(끄덕끄덕) 웃겨요."

　"그럼 중국에서 태어나서 한국에는 언제 온 거야?"

　"유치원 때쯤인가 온 것 같아요. 근데 아이들이 다 한국말로 하니까 무슨 말인지도 몰랐어요. 혼란스럽고. 그리고 몸도 아파서 병원에 입원도 많이 했어요."

"그랬구나. 선생님이랑 책 읽고 글씨 쓰는 연습 하루에 5분씩 할까?"
"네!"

밥을 다 먹고 나가는데 스윽 다가와 내 손을 꼭 잡는 녀석. 뭔가 사랑과 관심을 필요로 하는 녀석. 나도 그 녀석의 손을 꼭 잡고 교실로 돌아간다. 좋아하는 그림책을 가져와서 읽어보라고 하니 긴장한 듯 또박또박 읽는다. 역시 자신감 넘친다. 말을 잘하니 읽는 것도 잘한다. 근데 그건 그림책이라 받침이 잘 없어서 그런듯하다. 받침이 조금만 나와도 다시 버벅거린다. 만약 릴레이발표가 아니었다면 이 녀석의 상태도 몰랐을 것이다.

"그럼 이제 써 볼까? 내가 불러주면 한번 써봐."

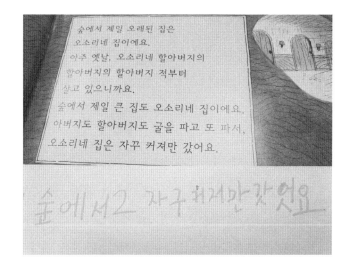

'아… 못쓴다.'

이게 문제였구나. 그림책을 보고 3번 연습한 뒤, 다시 불러주니 잘 쓴다. 성공이다. 녀석이 씩 웃는다. 그래 이렇게 하면 된다. 남은 날이 얼마 없지만, 노력을 해보자. 늦었다고 생각할 때가 가장 빠른 법이니까.

　미워하는 마음이 있어서 녀석을 있는 그대로 보지 못했던 것 같다. 아이는 변한 게 하나도 없고 그대로인데 그 녀석을 바라보는 나의 마음이 변했던 것 같다. 자신감 넘치고 활발한 아이의 모습을 있는 그대로 봐 줄 수 있는 열린 마음. 그게 부족했다. '이 녀석뿐일까? 내가 아이들에 대해 도대체 뭘 알까?' 안다고 생각하지만 사실 모르는 것투성이 일 거다.

　요새 등교수업이 줄어들면서 학력 격차가 두렵다. 자기주도학습을 잘하는 학생들은 그나마 걱정이 덜하지만, 대부분의 아이가 스스로 계획을 세워 공부하지는 못한다. 더구나 학교에서도 선생님이 엄청난 관심을 가져야 조금이나마 성장하는 아이들은 이루 말하지 못한다.

　"줌으로 들어와."

　최근에 알게 된 실시간 쌍방향 수업 앱인 줌을 사용하면서 '유레카'를 외쳤다. 도움이 필요한 학생을 온라인상에서 일대일로 가르치는 것이다. 다른 친구들이 없으니 부담도 적고 선생님과 함께 배우니 속도를 조절할 수 있다.

"자, 여기엔 너와 선생님밖에 없어. 지금부터 수학익힘책을 같이 풀어보자. 일단 여기 1번을 한 번 풀어볼래? 선생님이 확인하고 도와줄게. 함께 해결해보자!"

연필을 들고 집중하며 문제를 풀기 위해 노력하는 모습이 귀엽다. 한 문제씩 이유를 들어보고 맞힌 부분은 엄청 칭찬하고 틀린 부분은 조금 힌트를 주고 기다린다. 짧은 시간이지만 스스로 성취감을 얻어가는 과정을 보며 흐뭇하다. 내가 이렇게 온라인상에서도 도움을 줄 수 있다는 게 고마웠고 더 빨리 손을 내밀지 못해 미안했다.

"어때? 선생님과 같이 공부하는 게 좋지?"
"네, 혼자 하는 것보다 훨씬 좋아요."

학생이 오늘 선생님에게 칭찬을 받고 엄청 좋아했다는 이야기를 학생 어머니를 통해 들었다. 잘하지 못한다고 성실하지 못하다고 다그치는 건 쉽다. 함께 하자고 격려하며 학생 옆에서 묵묵히 도와주는 건 어렵다. 하지만 교사는 쉬운 일보다 어려운 일에 더욱 힘쓰며 노력해야 하지 않을까?

잘하는 아이보다는 부족한 아이.

능숙한 아이보다는 서툰 아이.

완벽한 아이보다는 부족한 아이.

그런 친구의 곁이 바로 교사가 있어야 할 자리가 아닐까 싶다.

뭣이 중헌디?

그럴 때가 있다. 누군가에게 무엇인가를 털어놓고 싶을 때.

"근데 있잖아요. 저는 전 학교에서 되게 열심히 살았어요. 자율체육도 4년 동안 하고, 아람단도 하고, 소년체전에서 메달도 획득해서 개인 점수가 끝났고, 대학원 석사도 졸업했어요. 도 교육청, 지역교육청 체육 서포터즈에, 교육과정 평가지원단, 영재 심사, 5년 동안 체육부장에, 4년 동안 친목회장까지 진짜 제가 나름 잘 나간다고 생각했어요. 학교에서 존재감도 있고 공문에도 제 이름이 찍혀서 오니까 뭔가 된 것 같았어요. 바쁘게 외부생활하다 보니 집에도 늦게 들어가고 그러다 보니 가족과도 멀어지고, 심지어 딸과의 관계가 좋지 않았죠. 겉멋만 잔뜩 들어서요."

김밥을 컵라면에 빠뜨린 후 면으로 둘둘 말아 한입에 가득 넣는다. 그리고는 뜨거운 국물을 후루룩 마신다.

"그러다 문득 깨달았어요. 그 속에 진짜 제가 없었던 거에요. 왜 열심히 해야 하는지도 모르고 남 눈치만 보면서 살았다니까요. 한 번은 자율체육 공모에 떨어졌는데 엄청 슬픈 거예요. 근데 왜 슬픈지 이유를 몰랐어요. 생각해보니 그 이유는 다른 사람 눈에 제가 능력이 없어 보일까 봐 두려웠던 거에요. 진짜 웃기죠? 진짜 아이들을 위해서 공모 사업을 진행했던 게 아니라 그저 제 개인승진점수, 주변 기대와 시선을 위해서 열심히 노력했던 거죠."

이번엔 김밥 꽁다리를 공략한다. 크게 한 입 넣고 우물거리다 다시 뜨거운 국물 한 입.

"그러다 SNS에서 훌륭한 선생님들의 멋진 학급운영과 실천교육교사모임이라는 교원단체를 알게 되었어요. 진짜 선생님이란 무엇인지 조금씩 깨닫게 되더라고요. 그리고 제가 헛바람이 들어 무엇이 중한지도 모르고 있다는 사실도 알게 되었죠. 그래서 의미 없는 승진은 완전히 안해야겠다고 생각했어요. 그랬더니 아내가 그러더라고요."

'이쪽에서 4~5년간 살아봤으면 저쪽에서도 4~5년간 살아봐. 그런 다음에도 이 생활이 맞으면 이렇게 쭉 사는 거고 이렇게 살아봤는데 승진을 하고 싶다 하면 다시 도전하는 거지. 모든 걸 즉흥적으로 결정하지 않았으면 좋겠어.'

"진짜 제 아내는 똑똑해요. 솔로몬의 판결처럼 아내의 말을 듣고 저는 이전 5년과는 다른 방향으로 살아보려고 해요. 가장 기본적인 학급운영에 대한 고민을 이제 시작해보려고요. 제가 왜 바로 보직교사 지망 안 했는지 궁금하셨죠? 처음부터 제대로 된 질문을 던지며 기본기부터 다시 배우려고요."

내년도 학년과 업무 희망 관련해서 이야기를 나누다가 내 이야기를 폭포수처럼 쏟아내고 말았다. 사실 우리는 내일 일도 어떻게 될지 모른다. 하물며 어찌 몇십 년 이후의 일을 알까? 그런데 지금, 이 순간 내가 어떤 생각을 하고 살고 있는지를 끊임없이 확인하는 건 필요하다. 그리고 그 고민을 내 옆에 있는 좋은 사람들과 함께 나누니까 좋다.

"선생님! 제 이야기 들어주셔서 정말 감사했어요. 근데 너무 제 이야기만 했죠?"

평화로운
학교 공동체를 위한 조건

"이렇게 분위기가 좋은 학교는 최근 들어 처음 봤네요."

연수 장소에 도착하니 20개의 의자가 동그랗게 배치되어 있고 가운데에는 작고 아담한 장식이 놓여있다. '서클'이다. 서로의 얼굴을 보며 앉아 있으니 자연스럽게 도란도란 이야기꽃이 핀다. 마주 보며 서로의 이야기를 들어주는 것. 지금 우리에게 가장 필요한 것 아닐까?

오늘은 '평화로운 학급 공동체 만들기' 연수를 듣는 날이다. 학교에서는 연간계획을 세워 선생님들이 배우고 싶은 주제를 정하여 강사를 초청한다. 아이들과 힘겨루기를 하고 잠시 숨 돌리며 학급 일과 행정 업무를 하기에도 바쁘지만, 시간을 쪼개 밝은 얼굴로 연수에 참석하시는 선생님들이 존경스럽다.

멀리서 오신 강사님은 목소리가 침착하시고 고요하시면서도 주변을 집중시키는 마력이 있으신 분이었다. 나는 상대가 목소리가 격앙되면 나도 격앙되고 상대가 침착하면 나도 침착해지는 성격이라 이번 연수는 조용하지만 집중해서 경청해 본다.

선생님! 오늘 하루 어떠셨어요?

신규발령 교사부터 60세가 넘으신 선배 교사까지 넓은 스펙트럼의 동료 교사가 오순도순 모여 서로 안마도 해주고, 깍지 끼고 원도 만들고, 옆 사람에게 소곤소곤 질문 게임도 하며 참 재밌는 시간을 보냈다. 하지만 시간 제약 상(우리에게 퇴근 시간은 굉장히 중요하다.) 방대한 프로그램을 짧은 시간에 하려고 하니 뭔가 아쉽고 더 해보고 싶다는 생각을 했다. 마지막에 토크스틱 아니 토크인형을 들고 한 명씩 돌아가면서 자신의 감정과 근황에 관해 이야기를 나누었는데 그대로 기록한다.

　　"큰아들이 입대한 지 일주일째에요. 집에 있을 때는 밥해달라, 용돈 달라 귀찮았는데 눈앞에 안 보이니까 보고 싶네요. 제 마음이 싱

숭생숭하네요. 오늘 옷가지가 담긴 택배 박스가 온다는데(이 부분에서 몇몇 여선생님들은 눈물) 퇴근 후가 벌써 걱정이 되네요. 오열할까 봐요.”

“벌써 제 나이가 예순이에요. 누군가의 부인이자 누군가의 어머니로 60년을 살았네요. 그런데 지금 문득 생각해보니 나는 공입니다. 아무것도 이뤄낸 것도 없고 비어있는 느낌이에요. 매일 우울한 감정이 교차하네요.”

“더 나은 선생님이 되고 싶은데 그게 잘 안되네요. 일단 제 건강이 좋지 않고 제가 해결하지 못하는 문제로 둘러싸여 있으니 조금 더 기다려 주고, 조금 더 긍정적으로 대해줘야 하는데, 그게 제 맘대로 안되네요. 아이들에게 더 잘해주지 못해 미안합니다.”

“남편과 아들에게 대하는 게 참 달라요. 남편은 늦게 퇴근해서 뭐 만들어 달라면 짜증이 나거든요? 그런데 아들은 적극적으로 맛있는 걸 만들어주면서도 더 못 해준 건 없나 챙기게 되네요. 남편한테도 조금 더 많은 관심을 줘야겠어요.”

“선생님은 남편과 아들이잖아요? 사실 나는 우리 집 개가 제일 좋아요. 남편이고 아들이고 다 크니깐 다 맘에 들지 않아요. 제가 아팠을 때도 마스크 쓰고 우리 아가(애완동물)랑 산책하러 다닌답니다. 그러면 남편이 '너는 부인으로는 0점, 엄마로서는 70점, 애완동물 보호자로는 100점이다'라고 말한답니다."

"남교사로서 승진이 신경 쓰여요. 뭔가 안 하면 뒤처지는 기분입니다. 뭔가 더 열심히 해서 인정받고 관리자로 승진하는 게 멋져 보이기도 하고요. 하지만 제 인생이 더 중요하기 때문에 엄청 올인하고 싶지는 않거든요. 계속 고민입니다."

"도시 이름도 첨 들어보는 타지로 신규발령 와서 참 외로웠어요. 아는 사람도 없고 그런데 신규 연수를 가서 지역에 나이가 비슷한 선생님들과 전화번호도 교환하고 친해져서 어제 맥주 한 잔도 마시고 이야기를 나누니 참 좋더라고요. 이제는 점점 좋아지고 있어요."

"요새 학교폭력 문제로 소진 상태에요. 왜 이렇게 힘들까요. 도대체? 그냥 푹 쉬면서 혼자만의 시간을 갖고 싶어요. 정말 힘드네요. 그래도 같은 학년 샘들과 함께하니 그나마 좋아지곤 있지만 제가 이 직업을 계속할 수 있을지 고민이네요."

선생님 한 분 한 분의 보물 같은 이야기를 경청하며 많은 생각이 들었다. 누구에게나 고민은 있고 누구나 자기만의 아픔을 간직하고 있으며 누구든지 자기만의 방법으로 대처하고는 있지만, 해결은 생각보다 쉽지 않다. '나만 힘든 게 아니었구나.'

이야기 중간중간 말씀 중에 터져 나온 울음, 듣는 중에 고개를 들지 못하고 끄덕이는 공감과 함께 흘린 눈물의 위로… 작은 공간 속에 모인 20명의 선생님은 마음속으로 응원하며 응원받았을 것이다. 속마음을 꺼내니 뭔가 후련한 느낌이다. 술 안 먹고 친해지는 느낌이다.

자세히 보아야,

귀 기울여야,

관심이 있어야,

노력해야,

보인다.

매일 같은 공간에서 같은 시간을 보내는 동료 선생님들이지만 서로의 속마음을 나누기는 쉽지 않다. 이런 기회를 통해 서로의 행복과 슬픔을 함께 나눌 수 있어 좋았다. 정말 필요하고 무엇보다 중요한 시간이었다.

교사를
춤추게 하라

"이야! 아름답다."

출근길, 짙은 단풍을 바라보며 잠시 걸음을 멈춘다. 자연의 염색은 언제나 옳다. 고개를 돌려 하늘을 바라보니 뭉게뭉게 구름이 예술이다. 나뭇가지 사이로 보이는 태양을 보며 한참을 선다. 손가락을 호호 불며 학교를 등교하는 학생들과 인사를 나누며 하루를 시작한다.

출근해서 연구실 컴퓨터를 켠다. 사실 나는 무엇인가를 찾고 있다. 이번 주 내내 궁금해서 견딜 수 없는 그것! 바로 '교원능력개발평가결과'다. 올해는 학교를 옮긴 첫해이기도 하고 5학년은 오랜만에 맡아봐서 그런가 보다. 그나저나 허둥지둥 아이들과 보낸 첫 만남이 엊그제 같은데 시간 참 빠르다.

"아이들은 나를 어떻게 생각할까?"
"학부모님들은 담임교사를 얼마나 신뢰할까?"
"동료 선생님들은 나의 무슨 모습을 보셨을까?"

떨리는 마음 반, 두려운 마음 반으로 나이스에 접속해서 결과를 확인해본다. 며칠 전부터 계속 접속했지만, 평가결과가 완료되지 않아 확인할 수 없었다. 드디어 오늘 결과가 열렸다! 다양한 평가 내용 중 가장 먼저 확인하게 되는 건 바로 우리 반 아이들 평가다. 복잡미묘한 마음으로 심호흡하고 확인한다.

"모르는 것들을 꼭 알고 넘어가서 모르는 것 없이 진도를 잘 나갔습니다."

"발표를 못 하는 아이들도 다 발표를 할 수 있게 릴레이발표를 많이 해서 발표능력이 향상되었습니다. 누구든 위대하다고 생각해 주셔서 자신감이 생겼습니다. 예) 위대한 ○○○!"

"발표할 때마다 칭찬을 계속해주셔서 좋았습니다. 그리고 ㅁ 책상 배치로 친구들의 의견과 발표를 경청할 수 있게 되었습니다."

"올바른 것은 자유롭게 할 수 있도록 해주시지만 욕, 폭력, 따돌림 같은 것에는 민감하시고 엄격하게 하신다."

생각보다 나의 좋은 면을 적어준 학생들이 고마웠다. 자신감, 발표, 적극, 긍정, 기초학습에 대한 중요성을 매번 이야기했는데 어느 정도 전달이 된 것 같았다. 내가 의도했던 활동들이 아이들에게 그대로 전해진 것 같아 신기하기도 했다. 교사도 사람인지라 이렇게 좋은 점을 칭찬받으면 기분이 무척 좋다. 그래서 좀 더 열심히 하고 잘해야겠다는 생각이 든다.

"재미있고 확실하게 설명을 잘 해주신다. 그런데 수학, 사회 같은 과목은 교과서를 쓰지만 국어, 미술 같은 과목의 교과에도 좋은 내용이 많이 담겨있으니까 교과서를 좀 더 참고해도 좋겠다."

"괴롭힘, 왕따 등의 학교폭력을 하면 지구 끝까지 쫓아가서 혼내준다고 하셨음."

반성이 되는 부분도 많았다. 대부분 교과서를 사용하지만, 과목에 따라서는 다른 자료를 활용하며 수업을 했는데 학생의 입장에서는 그게 서운했나 보다. 또 표현을 잘해야겠다고 생각했다. 학교폭력 예방 교육, 인성교육, 안전교육을 워낙 강조해서 자주 하다 보니 재밌는 표현을 해야겠다 싶어서 지구 끝까지 쫓아가서 혼내준다고 했다. 그런데 그 문장이 굉장히 강렬했나 보다. 평소 수업 시간에 나의 말과 행동에 대해 다시 한 번 생각해봐야겠다. 학부모님 여덟 분도 의견을 주셨다. 학부모 밴드를 활용해서 사진과 영상을 업로드하면서 자녀와 대화를 유도했는데 많은 분이 노력해주셔서 감사했다.

"아이들에게 책을 읽어주셔서 책에 더 많은 흥미를 가지도록 해주셔서 좋아요."

"아이들 위에서 주입만 하기보다 아이들 옆에서 소통하려고 노력하시는 모습이 좋았습니다."

"항상 아이 말에 귀 기울여 주시고 아이 상황에 맞는 카운슬링도 해주시고 긍정적 에너지로 교육해 주십니다."

나는 동료 교사에게 따로 의견을 쓰지 않았지만, 옆 반 선생님들은 직접 써주셔서 부끄럽고 죄송했다. 아, 나도 써드릴걸!

"항상 열정이 넘치시고 아이들을 위해 힘쓰시는 선생님과 올해 같은 학년을 하게 돼서 너무 뜻깊은 한 해였습니다. 선생님을 보면서 많이 배우고 성장할 수 있었어요. 얼마 안 남은 올해의 시간도 즐겁게 마무리해요. 선생님!"
"언제나 긍정적이고 힘찬 에너지가 넘치시는 선생님! 많이 배우고 있습니다. 응원합니다."

이번 평가는 다행히 나에 대한 좋은 면을 많이 적어주셔서 감사했다. 그래서인지 자존감도 높아지고 더 열심히 해야겠다는 다짐도 했다. 하지만 나도 부정적인 평가를 받고 힘들었던 경험이 있다. 나는 정말 열심히 했지만 말이다. 나뿐만 아니라 주변에서도 평가 때문에 힘들어하시는 선생님들이 많다. 모든 평가결과가 익명이기 때문에 교사를 상대로 인신공격하거나 입에 담지 못할 험담으로 좌절감과 우울감을 느끼게 하는 일도 있다. 9명이 좋은 의견을 써줘도 1명이 안 좋은 의견을 써줬다면 교사는 그 한 명의 의견 때문에 상당 기간 마음고생을 하기도 한다.
교원능력개발평가는 있어야 한다고 생각한다. 1년에 한 번이라도 학생, 학부모, 동료 교사에게 다양한 의견을 수렴해서 교사 자신을 돌아보고 성장할 수 있는 그런 계기는 있어야 한다. 하지만 그런데 그게 꼭 수치로 표현되는 점수여야만 할까? 우리 반 담임선생님은 5점짜리 상품이어야 할까? 수치는 없애는 게 어떨까? 학생 평가처럼 모든 문항이 자유 서술식이라면 어떨까? 교원능력개발평가의 목적은 무엇일까? 나는 모든 교사를 존중하고 자존감을 키워주는 것이라고 생각한다. 물론 교사도 사람인지라 잘하는 점도 있고 부족한 점도 있다. 그런데 학부모에게 동료 교사에게 점수로 평가받는 건 아무런 의미가 없다. 이 부분은 개선해야 한다고 생각한다. 평가가 피드백의 역할을 하려면 말이다.

우치다 타츠루 선생님의 저서 〈교사를 춤추게 하라〉 책 제목을 좋아한다. 1년 간 학생들과 학부모님들과 동료 교사들과 최선을 다해 교육활동에 전념한 선생님들에게 필요한 건 칭찬과 격려 그리고 따뜻한 조언이다. 나는 계속 춤추고 싶다.

교단일기
제4장

마무리하며

내 마음
감지 카메라

"700만 원이요? 아니 무슨 카메라가 이렇게 비싸요??"

코로나 전쟁을 예방할 강력한 한 방인 열화상 감지 카메라가 우리
학교에 배치되었다. 시청에서 구입해 준 그 카메라는 마치 엄청난 성능
의 바주카포를 닮아있었다. 뭔가 든든했다. 학생들과 전 교직원의 안
전을 지켜줄 지원군이 등장한 셈이다.

카메라를 구경한 후 평소와 같이 교실에 들어와 창문을 열고 환기를 시켰다. 그리고 e-학습터에 접속해서 강좌를 확인하고 게시판에 있는 과제를 살펴본다. 밴드 단톡방에 아이들에게 아침 인사를 한다. 늦잠 자는 아이들을 깨우고 독려한다. 그렇게 온라인 학습 뉴노멀의 시간은 벌써 일상이 되어 또 흘러간다.

교장 선생님은 교육장님과 ZOOM으로 화상회의를 하고 보건 선생님은 등교개학 운영 계획서를 뿌리고 관련 교육 메시지를 보내신다. 연구부장님은 학교의 교육과정을 계속 갈아엎고 긴급돌봄 담당 선생님들은 발바닥에 땀이 나도록 뛰어다니신다. 학년 부장님과 기능 부장님들은 매번 회의에 참석하시고 나는 우리 반 아이들을 챙긴다.
모습은 다르지만, 목적은 같다. 모두 각자의 위치에서 최선을 다해서 노력하고 있다. 아이들이 안전하고 큰 탈 없이 무사히 등교개학을 하고 선생님들이 아프지 않고 (신체, 정신건강 모두) 아이들 앞에 설 수 있는 것이 그 목적이 아닐까?
문득 이런 생각이 들었다. '그럼 나는 왜 교단일기를 쓰고 있을까?' 3월 휴업 첫 주를 제외하고 매일 교단일기를 쓰고 있다. 첫 휴업 소식을 듣고는 어안이 벙벙했다. 아무것도 할 수 없었다. 그저 이 폭풍이 빨리 지나가길 바랄 뿐이었다. 그래서 뉴스만 바라볼 뿐 아무것도 할 수 없었다. 하지만 이 폭풍은 거대하고 빠르며 언제 끝날지 모르게 심각한 영향을 주고 있다. 나는 무력감, 우울감을 느끼며 가라앉았다. 그래서 다시 펜을 들었다.

선생님! 오늘 하루 어떠셨어요?

3년 전, 〈6학년 선생님 밴드〉에 첫 교단일기를 쓰기 시작했다. 매일 소소한 교실 속 일상의 깨달음, 실수담, 배움, 느낌과 생각을 그냥 나만의 방식으로 기록하기 시작했다. 뭔가 거창한 포부나 뛰어난 계획이 있었던 건 전혀 아니었다. 그저 나의 글이 누군가에게는 웃음과 공감의 에너지를 줄 수 있다는 기쁨 때문에 시작했고 선생님들과 실시간 공감과 소통 속에서 함께 성장하는 기쁨을 누렸다. 그래서 지금까지 꾸준히 할 수 있었던 것 같다.

코로나 19로 시작된 휴업과 온라인 개학 때도 마찬가지다. 나는 다른 선생님들처럼 다양한 자료를 만들어 공유하지도, 뛰어난 수업기술도 없지만, 그저 내가 할 수 있는 역할을 하고 있다고 생각한다. 아이들은 등교하지 않았지만, 휴업과 온라인 개학 중 교사의 내면과 생각을 어딘가에는 기록하고 싶었다. 그래서 코로나19라는 거대한 폭풍에 쓸려가지 않고 내 마음을 놓치고 싶지 않았다. 그리고 누군가에게는 위로를, 때로는 공감을, 가끔은 웃음을 드릴 수 있어서 정말 다행이라고 생각했다.

각자의 위치에서. 나만의 방법으로. 그래서 나는 교단일기를 쓴다. 그게 코로나 19를 대하는 나만의 방식이다. 현재의 어려움을 슬기롭게 견디며 모든 선생님이 아프지 않고 큰 걱정과 스트레스 없이 이 상황을 이겨 냈으면 좋겠다.

700만 원짜리 열화상 카메라가 방역에 든든한 역할을 하는 것처럼 매일 나를 돌아보는 글쓰기가 내 마음 감지 카메라 역할을 할 수 있지 않을까? 비싸지도 거대한 크기도 아니지만 매일 내가 어떤 마음으로 살았는지 내 마음속 감지 카메라를 작동시켜보는 건 어떨까? 차분히 하루를 복기하며 오늘은 내가 어떤 생각과 말과 행동을 하면서 지냈는지 글로 쓰면서 살펴보는 것이다. 신체 방역도 중요하지만, 그보다 더 중요한 건 마음 방역이 아닐까?

감정의 설거지도 필요해요

퇴근하고 저녁을 먹는다. 꿀맛이다. 맛있게 먹고 벌렁 드러누운다. 모든 게 귀찮다. 온종일 아이들과 생활하다 보면 온몸의 영혼마저 쏙 빠져나가는 것 같다. 그래도 기분은 좋다. 초과근무 없이, 민원 없이, 큰 탈 없이 퇴근해서 집에 누워있으니 말이다.

쉬다가 어슬렁어슬렁 일어난다. 설거짓거리가 한 트럭이다. 언젠간 누군가 치우겠지 생각하며 지나친다. 다른 걸 하다가 다시 쳐다본다. 그대로다. 다시 외면하고 다른 일에 집중한다. 이제는 도저히 미룰 수 없다. 장갑을 낀다. 수북이 쌓인 설거짓거리를 보며 '분명 3명이 간소하게 먹었는데 그릇과 냄비는 왜 이렇게 많을까?' 싶다. 어쩌랴. 내가 먹은 거 내가 치워야지. 많긴 하지만 하나씩 닦다 보니 조금씩 설거짓거리가 줄어든다. 그만큼 내 기분도 상쾌하고 좋다. 텅 빈 싱크대를 바라보며 내심 흐뭇하다. 지금 치우지 않았다면 내일은 훨씬 힘들었을 것이다.

"그런데 보통 교단일기는 언제 쓰세요?"

회식이 끝나고 헤어지기 전, 같은 학년 선생님께서 나에게 물으셨다.

선생님! 오늘 하루 어떠셨어요?

"딸 재우고 늦은 10시쯤 탁자에 앉아 교단일기를 쓰고 있어요."

3년째 매일 쓰다 보니 아예 습관이 되었다. 문득 '아, 매일 쓰는 교단일기가 감정의 설거지랑 비슷하구나.'라는 생각을 했다. 교실 속 일상을 복기하면 생각지도 못한 교사로서 느끼는 감정의 묵은 때를 발견한다. 매일 교실에서 정신없이 하루를 보내다 보니 내 마음속에 불편함이나 힘듦을 인식하지 못할 때가 많다. '그냥 괜찮은 하루였어.' '이 정도면 나쁘지 않아.'라고 말하는 동안 내 마음속은 사실 병들고 있을지도 모른다. 교단일기를 쓰는 것은 마치 감정의 설거지처럼, 마음속 묵은 때를 시원하게 씻어주었다. 만약 그렇게 하지 않았다면 내 마음속 묵은 감정의 설거짓거리는 계속 쌓여갈 것이다.

'수업 태도가 좋지 않은 학생이 떠오른다. 여러 번 주의를 시키고 함께 하자고 했지만, 말을 듣지 않았다. 최선을 다했지만, 그 학생 한 명 때문에 다른 학생들을 희생시킬 순 없었다. 나중에 따로 불러서 개인 상담을 해봐야지. 그 순간 폭발하지 않고 잘 참았어. 다음번에는 단순히 참지만 말고 더 교육적으로 효과가 있는 방법을 공부하고 적용해봐야지.'

'학부모에게 민원전화를 받고 속상했다. 아직 라포도 형성하기 전인데 하교 시간이 조금 늦어 학원 차를 놓친다고 그렇게 화를 내시다니. 학교에서 교육활동이 끝나지 않았다면 때로는 조금 더 할 수 있는 거 아닌가? 화는 나지만 학부모와 통화를 할 때는 최대한 감정을 추스르고 예의 바르게 말씀드렸다. 다행히 내 교육철학을 이해해주셔서 결국엔 해피엔딩. 그러나 더 이상 이런 민원전화는 안 받고 싶다.'

글로 쓰니 뭔가 후련하다. 내 마음을 아는 건 역시 나밖에 없다. 내가 힘들고 어려운 일이 생기면 나와의 대화가 필요한데 혼잣말을 하며 1인 2역을 하기는 어려우니 글로 쓴다. 쓰다 보니 마음도 편안해 지고 다음에 어떻게 행동할지 해답도 찾아간다.

그리고 매일 쓰는 교단일기 글을 〈6학년 선생님〉 밴드에 공유한다. 혼자만 간직하는 글쓰기도 의미가 있겠지만, 공개 교단일기를 쓰는 건 상당한 치유의 힘이 있다. 내가 글을 올리자마자 전국 랜선 동 학년 선생님들로부터 공감표현과 댓글이 달린다. 그동안 선생님들의 솔직한 실패담, 쓰라린 추억들을 적어주시며 '힘내세요' 라고 나를 다독여주신다. 하나씩 읽으며 '나만 이렇게 힘든 게 아니구나!' 위로를 받는다. 또 내 마음을 털어놓으니 시원하기도 하다.

"역시 설거짓거리는 미루지 않고 처리하는 게 진리!"

매일 교단일기를 쓰니
벌어진 마법

살다 보면 가끔은 마법과도 같은 일이 벌어지기도 한다. 그런데 그 마법과도 같은 일이 나에게 일어났다. 다른 학교에서 나에게 강의요청을 하신 것이다. 무려 '학급경영'을 주제로 강의를 진행한단다. '왜? 내가? 도대체 왜 나를 불러주신 것일까?'

2018년 〈6학년 선생님〉 밴드에 교단일기를 처음으로 쓰기 시작했다. 공개 글쓰기에 대한 두려움도 있었지만, 전국 랜선 동 학년 선생님들의 용기를 주시는 '좋아요'와 '댓글'을 보며 기분이 좋아 계속 쓰게 되었다. 그렇게 쓰다 보니 어느덧 190편이 되었고 그걸 돌아보니 내가 교실에서 어떤 말을 자주 하는지, 어떤 방식으로 수업하는지, 어떤 활동을 주로 하는지 알게 되었다. 매일 학급살이를 기록하고 쓰다 보니 비로소 진짜 내 것이 무엇인지 어렴풋이 알게 된 것이다.

충남 홍성초에서 근무하시는 한 선생님이 그걸 보시고 궁금하셨나 보다. 그래서 그 이야기를 듣고 싶다고 불러주셨다. 그런데 마침 대학 동기가 그 선생님과 같은 학년이었고 카톡으로 강의를 와줄 수 있냐고 연락이 온 것이다. 진짜 세상은 정말 좁다. 인생 착하게 살아야겠다.

빗속을 뚫고 홍성초에 도착했다. 강사님을 마중 나오신다고 선생님들이 주차장까지 나오셨다. 그런데 나는 길이 어긋나 혼자 뚜벅뚜벅 걸어서 강의 장소인 교실로 갔다. 전화해서 다시 만나 교무실과 교장실에 인사를 드리러 갔다. 잘 부탁드린다는 말씀에 오히려 제가 잘 부탁드린다고 말했다.

열네 분의 선생님 앞에 섰다. 멍했다. 떨렸다. '과연 내가 무슨 말을 할 수 있을까?' 작년과 올해 쓴 교단일기를 쭈욱 살펴보며 사진과 영상을 골랐다. 참쌤스쿨의 PPT 양식의 도움을 받아서 강의 자료를 만들었다. '선생님들에게 조금이라도 도움이 돼야 할 텐데 잘할 수 있겠지?'

선생님들의 눈빛이 반짝였다. 대부분 나보다 선배분들이었는데도 진지한 태도로 내 이야기를 들어주셨다. 궁금한 것은 바로 물어보시고

선생님! 오늘 하루 어떠셨어요?

새로운 내용은 경청해주셨다. 간단한 컨디션 출석과 삼단칭찬은 실습했다. 리액션이 정말 좋아서 나도 모르게 작두를 탔다. 내 유일한 개인기인 망치춤을 라이브로 보여드렸다. 기승전망치춤!!!

다 끝나고 선생님들의 소감을 들었다. 진짜 떨렸다. 어떤 선생님이 '찝찝하다'라고 말씀하셔서 긴장했다. 왜 그런가 했더니 "제가 최고인 줄 알았는데"라고 말씀하셔서 모든 분이 폭소했다. 이렇게 위트있는 대답이라니. 걱정보다 좋은 말씀을 많이 들어서 영광이었다. 분명 나보다 훨씬 훌륭하게 학급 운영을 하시면서도 겸손하게 말씀하시는 홍성초 선생님들이 더 빛나 보였다.

제일 힘들었던 부분은 강의를 듣는 선생님들 사이에 대학 동기들이

3명이나 있었다는 사실이다. (과는 달랐지만 전부 아는 사이라) 나의 과거를 알고 있는 분들 앞에서 강의하다니 심히 부끄럽다.

이런 로또(?) 같은 기회가 더는 올 것 같지는 않다. 처음이자 마지막이라 생각하고 모든 걸 쏟아부었다. 그 과정이 정말 행복했다. 그런데 이 강의가 다른 강의 섭외에 출발점이 되었다. 특별하지도 뛰어나지도 않은 나의 이야기를 궁금해하는 분들이 생겼다. 아무리 생각해도 이해가 되진 않지만 즐기기로 했다. 그렇게 교실 속 일상은 차곡차곡 쌓여 강의가 되었다. 한 명의 선생님에게 작은 웃음을 드릴 수 있다면 좋겠다. 나로 인해 각 선생님만의 교단일기가 시작되었으면 좋겠다. 이제는 항상 강의 마무리로 드리는 말씀이지만 이제는 나만의 철학이 담긴 한 마디!

"매일 교단일기를 쓰다 보니 이런 생각이 들었어요. '그동안 나는 왜 실패했을까?' 분명 다른 분들의 좋은 교육활동과 멋진 자료를 활용했는데 말이죠. 근데 그건 진짜 내 것이 아니라 그런 게 아닐까 하는 생각이 들었어요. 내가 쓴 글이 진짜 나만의 학급경영이란 생각이 듭니다. 무슨 말이냐면 글에 나타난 내가 자주 사용한 말과 행동이 진짜 나만의 학급경영철학이라는 겁니다. 나만의 개성과 장점을 파악하고 그것에 집중한다면 행복한 교사가 될 것입니다. 그래서 선생님이 대체 불가능한 유일한 선생님이 되어 더 즐겁고 행복한 학급경영을 하실 수 있다고 생각합니다. 감사합니다."

나는 오늘도 교단일기를 씁니다

늦은 10시, 딸에게 책을 읽어주고 재우면 비로소 나만의 시간을 갖는다. 누구에게도 방해받지 않는 자유로운 시간 말이다. 나는 탁자에 앉아 블루투스 키보드를 열고 스마트폰을 세로로 세운다. 그리고 눈을 감고 오늘 학교에서 있었던 일을 떠올린다. 생각이 나지 않을 때는 메모를 들춰본다. 오늘 내가 찾은 따옴표들을 모은다. 내가 만난 사람들과의 만남과 대화를 큰따옴표로, 내 마음속 생각과 느낌을 작은따옴표로 정리한다. 두서없이 내 마음대로 글을 쓰며 하루를 정리한다. 누가 기다리지 않지만, 전국 랜선 동 학년 선생님이 계신 〈6학년 선생님 BAND〉에 글을 올린다. 그렇게 내 하루는 마무리된다.

'힘들고 혼란스러운 시절, 나를 잃지 않게 도와줬던 건 바로 교단일기였다.'

3년 동안 매일 교단일기를 썼다. 그러나 2020년은 달랐다.

3월 첫 휴업이 시작된 5일 동안 정말 아무것도 할 수 없었다. 사상 초유의 사태, 휴업 동안 나는 아무것도 할 수 없었다. 나는 서서히 끝없이 침잠하며 어서 이 고통이 끝나기만 바랄 뿐이었다. 하지만 이 상황은 장기전을 예고했고 나는 다시 블루투스 키보드를 꺼냈다. 그리고 일상을 기록했다. 내가 무슨 생각을 하는지 어떤 마음을 갖고 하루를 버티고 있는지 글로 썼다.

매일 한 편씩 내 마음속 이야기를 꺼낼 때마다 그나마 속이 후련했다. 완전한 시원함은 아니었지만, 그것마저 하지 않았다면 내 마음은 병들고 쓰러졌을 것이다. 휴업, 온라인 개학, 등교수업과 병행 등 모든 것이 처음인 현실에서 나는 그나마 글을 쓰며 버틸 수 있었다. 그리고 매 순간 나를 객관적으로 살펴볼 수 있었다. 또 글을 공유하며 전국에 선생님들과 공감하며 격려를 하고 싶었다.

'나만 힘든 게 아니구나' '나만 이런 고민을 하는 게 아니구나!'

모두 같은 처지에 있고 같은 마음을 느끼며 살고 있다고 확인하게 되었다.

선생님! 오늘 하루 어떠셨어요?

다시 교실 속 일상의 소중함을 깨달았다. 파란 하늘, 마스크 쓰지 않고 숨 쉬는 것, 가족 여행, 아이들과 즐겁게 생활하는 모습, 같은 학년 선생님들과의 티타임, 왁자지껄하며 교실 문을 열고 들어오는 아이들, 복도에서 100m 질주하던 아이들, 친구들의 얼굴을 보며 웃고 배우며 성장하는 아이들, 급식 줄을 기다리며 장난치던 모습들까지 모든 것이 그리웠다. 이런 사태가 아니었으면 어쩌면 나는 영원히 당연했던 교실 속 일상의 소중함을 모르고 지나쳤을지도 모른다.

교사가 행복해야 학생이 행복하다고 한다. 교사는 어떻게 행복해질까? 나는 교사가 자신의 진짜 모습을 먼저 찾아야 한다고 믿는다. 평소 내가 교실에서 자주 하는 말과 행동을 글로 적으면 내 모습을 파악할 수 있다. 내가 학생을 대할 때 어떤 모습인지 동료 선생님과 있을 때 어떻게 반응하는지 써보면 내 모습을 알 수 있다. 그렇게 진짜 내 모습을 먼저 알아야 한다. 그래야 내가 어떤 사람인지, 강점이 무엇인지, 내가 무엇을 할 수 있는지 집중할 수 있다. 내가 매일 공개 교단일기를 쓰면서 얻은 깨달음은 진짜 내 모습을 발견하고 나를 있는 그대로 받아들일 수 있었다는 점이다.

진짜 내 모습으로 교실에서 아이들을 만나다 보니 내가 더 잘할 수 있는 부분에 집중하게 되었다. 못하는 부분을 억지로 노력하기보다 나의 강점을 활용해서 학급운영을 시도할 수 있었다. 그러니까 여유가 생겼다. 비로소 학생이 보였다. 교실 속 일상의 소중함을 느꼈다. 출근길이 즐거워지고 오늘은 어떤 만남과 대화가 오갈지 기대가 되었다. 모든 것이 교단일기의 소재가 된다고 생각하니 현재에 집중하고 순간에 몰입하기 시작했다.

하루를 소중하게 여기고 차곡차곡 기록하니 1년간 190개의 교단일기를 쓰게 되었다. 깜짝 놀랐다. 내가 이렇게나 많은 글을 썼다는 자체가 신기했다. 교단일기를 쓰기 전에는 하루가 버티는 대상이었다면 교단일기를 쓴 후부터는 하루가 꽉 찬 느낌이라고나 할까? 그렇게 하루를 행복하게 살려고 노력하다 보니 그게 한 달이 되고, 한 학기가 되고, 1년이 되었다.

혼자 쓰지 않고 공개적으로 썼다. 매일 교단일기를 전국 랜선 같은 학년 선생님께 공유했다. 속상하면 속상한 대로, 기쁘면 기쁜 대로, 하루의 감정과 생각을 최대한 솔직하게 썼다. 예상외로 '좋아요'가 눌렸고, 댓글이 달렸다. 서로의 힘든 점을 공감하며 좋은 아이디어라고 격려를 받았고 기분이 좋았다. 나 혼자만 힘든 게 아니라는 따뜻한 느낌을 받았다. 사실 그게 좋아서 공개 교단일기를 꾸준히 쓸 수 있었다.

모든 순간은 특별하다. 내 삶에서 특별하지 않은 순간이 있을까? 내가 교단일기를 쓰면서 다시 한 번 깨달은 점이다. 내 마음이 지금 어디로 향하는지 파악하는 건 정말 필요하다. 왜냐하면, 아무도 나에게 큰 관심을 두지 않기 때문이다. 그리고 학교생활이 너무나 바쁘기 때문이다. 그럴수록 나에게 관심을 두고, 나를 위한 글을 써야 한다. 그래서 나를 찾고, 진짜 내 모습으로 교실에서 생활하셨으면 좋겠다. 그리고 교실 속 일상 이야기를 공유하며 함께 성장했으면 좋겠다.

"선생님~ 오늘 하루 어떠셨어요?

선생님의 교실 이야기가 궁금한데요. 들려주시겠어요?"

★ 2 0 1 8
6학년 4반 이야기

행복한 하루 하루가 모여
행복한 인생이 된다.

기록하는 교사 최창진

선생님! 오늘 하루 어떠셨어요?

선생님!
오늘 하루 어떠셨어요?

펴낸날 2021년 2월 22일

지은이 최창진
펴낸이 주계수 ┃ **편집책임** 이슬기 ┃ **꾸민이** 전은정

펴낸곳 밥북 ┃ **출판등록** 제 2014-000085 호
주소 서울시 마포구 양화로 59 화승리버스텔 303호
전화 02-6925-0370 ┃ **팩스** 02-6925-0380
홈페이지 www.bobbook.co.kr ┃ **이메일** bobbook@hanmail.net

© 최창진, 2021.
ISBN 979-11-5858-753-6 (03810)

※ 이 책은 저작권법에 따라 보호받는 저작물이므로 무단전재와 복제를 금합니다.